W0060851

Charles Simmons
Das Venus-Spiel

Charles Simmons
Das Venus-Spiel

Roman
Aus dem Englischen
von Jörg Trobitius

Verlag C.H. Beck

... räumt man dem Romanschreiber herkömmlich eine gewisse Freiheit der Bewegung ein; man stellt sein Werk nicht
mit Absichtlichkeit neben die Natur und derselben gegenüber, mit kritischem Auge vergleichend; man gestattet
einem Verfasser, über die gewöhnliche Wahrscheinlichkeit
hinauszugehen, sobald durch das Übergreifen künstlerische
Wirkungen erzielt werden.

– Nathaniel Hawthorne, Vorwort zu
The Blithedale Romance, 1852
dtsch.: *Blithedale, ein Roman*
übers. v. Dr. August W. Peters, Bremen 1870

Das Original trägt den Titel: Venus and the Players
© 2002 by Charles Simmons

© Verlag C.H. Beck oHG, München 2002
Satz: Fotosatz Reinhard Amann, Aichstetten
Druck und Bindung: Friedrich Pustet, Regensburg
Gedruckt auf säurefreiem, alterungsbeständigem Papier
(hergestellt aus chlorfrei gebleichtem Zellstoff)
Printed in Germany
ISBN 3-406-49317-3

www.beck.de

Der Test

Mein Arzt, George Winkle, sagte gern, er behandele den Menschen in seiner Ganzheit. Am Ende einer Konsultation forderte er mich gewöhnlich auf, ihm gegenüber Platz zu nehmen, und dann fragte er beispielsweise, wie es um meine Arbeit bestellt sei, wie es meinen Eltern gehe, ob ich genug Bewegung bekomme. Nach sechs Jahren wußte er so ziemlich alles über mich. Dann standen wir gewöhnlich auf, er legte mir die Hand auf die Schulter und sagte: «Ben, Sie sind gesund.» Ich war achtundzwanzig, und ich wußte, daß ich gesund war, doch es war eine Art Garantie.

Er fragte mich auch nach meinem Liebesleben, und wenn es etwas Neues gab, erzählte ich es ihm. Wenn es nichts Neues gab, fragte er, ob ich Soundso noch treffen würde, wobei er den Namen einer alten Freundin erwähnte. Und obwohl er von Soundso schon gehört hatte, erzählte ich ihm alles noch mal. Von Amy habe ich ihm dreimal erzählt.

Amy war eine hübsche junge Frau aus meinem Büro. Sie lebte mit jemandem zusammen, und so gingen wir normalerweise über Mittag in meine Wohnung. Ich holte unterwegs Sandwiches, sie brachte den Wein mit. Wir machten immer dasselbe. Es war ein Ritual. Winkle hatte besonderes Vergnügen bei Akt Numero drei, wenn wir es von hinten machten. Ich benutzte das Wort «hinten», er sagte immer «Achterkatz!», und ich fügte hinzu: «Es war, als würde man mit einem Cello schlafen», wobei ich auf die Perspektive anspielte. Das regte ihn an. Einmal sagte ich: «Nein, wie mit einer Viola d'amore.» Den Witz kapierte er nicht. Er war gelegentlich etwas schwer von Begriff.

Vor kurzem bestellte er mich nun zu sich, obwohl noch gar nicht Zeit für einen Check-up war, forderte mich auf, Platz zu nehmen, und sagte: «Ben, ich bin an einem Test beteiligt.»

Ich wartete darauf, daß er fortfuhr. Statt dessen nickte er, als er wollte er seine eigenen Worte bekräftigen. Er blickte mir in die Augen und nickte noch mal.

«Ich möchte Ihnen davon erzählen, Ben.»

Ich wartete.

«Doch da gibt's ein Problem.»

Ich sagte schließlich: «Wo liegt das Problem, Doktor?»

«Das Problem ist, daß Sie Stillschweigen bewahren müssen.»

Ich wußte nicht, was ich sagen sollte.

«Vielleicht wollen Sie unter diesen Umständen nichts davon wissen.»

«Doktor, wenn Sie mir davon erzählen wollen, dann schießen Sie los.»

«Absolut vertraulich», sagte er.

«Einverstanden.»

«Weil es da eine kleine Frage der... Rechtmäßigkeit gibt.»

«Warum wollen Sie mir dann überhaupt davon erzählen?»

«Weil ich möchte, daß Sie daran *teilnehmen*.»

«An dem Test?»

«Ja, an dem Test.»

«In Ordnung. Schießen Sie los.»

«Das Medikament nennt sich Venus», sagte er und begann umständlich zu erklären, worum es ging. Offenbar hatte eine große pharmazeutische Firma Beträchtliches an Zeit und Geld in ein Mittel für postoperative Adhäsion investiert. Ich sagte, ich wisse nicht, was das sei. «Nicht wichtig. Wichtig ist, daß das Mittel nicht funktioniert hat. Doch einer der Chemiker, ein Mann namens Ivo, hat beschlossen, auf eigene Faust weiter daran zu arbeiten. Er hat in dieser und jener Richtung herumexperimentiert. Es funktionierte immer noch nicht. Dann versuchte er Kombinationen mit anderen Mitteln, und wenn auch nichts in Richtung Adhäsion funktionierte, entwickelte es bei einer Kombination eine starke ... sexuelle Wirkung.» Er beugte sich über den Schreibtisch. «Ich spreche nicht von Viagra. Ich spreche von Niagara.»

«Inwiefern Niagara?»

«Eine Milliarde Dollar, insofern.»

«Wo liegt die rechtliche Problematik?»

«Na ja», er blickte von links nach rechts, «wissen Sie, man muß von der FDA, der Food and Drug Administration, die Genehmigung einholen, wenn man ein Mittel erproben will, und man muß denen ganz genau sagen, wozu es gut sein soll. Wir wissen nicht ganz genau, wozu es gut ist, außer daß es ungemein *kreativ* ist – so nennt Ivo das.»

«Sie wollen auch wissen, ob es sicher ist», sagte ich.

«Ach, sicher ist es schon. Das Originalmittel hat sich als sicher erwiesen, und das Mittel, mit dem es kombiniert wurde, hat es immer schon gegeben. Das zweite Mittel ist Ivos Geheimnis. Es ist sogar so, daß die Ärzte, die die Tests durchführen, es nicht selbst verabreichen dürfen. Er taucht persönlich auf und schaut zu, wie die Probanden – er nennt sie Spieler – es schlucken.»

«Wie viele Spieler gibt es?»

«Es gibt sechs Ärzte. Wir haben jeder drei bis fünf Spieler laufen. Ich weiß nicht, wer die anderen Ärzte sind, und die Spieler wissen nicht, wer die anderen Ärzte sind.»

«Wieso das denn?»

«Er will vermeiden, daß Suggestion die Ergebnisse beeinflußt.»

«Doktor, wenn ich das mal sagen darf, diese Sache, das sieht Ihnen aber gar nicht ähnlich.»

«Deshalb ist es ja so aufregend, Ben.» Winkle war ein großer Mann mit einem großen Gesicht, das rot wurde, wenn er aufgeregt war. «Da ist noch etwas. Ivo hat seine eigene Firma gegründet. Wenn die Tests vorbei sind, wird sie in eine Aktiengesellschaft umgewandelt, und jeder Spieler bekommt *ein Viertelprozent* der Aktien, die Ärzte ein *halbes* Prozent. Das könnte eine Menge Geld sein, Ben, eine Menge Geld.»

«Wie viele Spieler testen Sie?»

«Mit Ihnen drei.»

«Was passiert mit den anderen beiden?»

Er schüttelte den Kopf. «Ich kann Ihnen nur sagen, daß die Ergebnisse sehr, sehr interessant sind.»

«Aber geheim.»

«Ich fürchte, ja.»

«Wieso ich, Doktor?»

«Weil Sie ... aktiv sind. Wir wollen jemand ... Aktives.»

«Bin ich aktiver als die anderen?»

«Das will ich meinen! Sie sind mein aktivster Patient.»

«Können Sie mir nicht wenigstens eine kleine Andeutung machen, was es bewirkt? Wie heißt es?»

«Das Mittel heißt ebenfalls Venus. Ben, ich möchte Ihnen nicht sagen, was es bewirkt. Ich möchte, daß *Sie mir* sagen, was es bewirkt. Also, wie steht's?»

«Und wenn mir das Ding abfällt ...?»

«Machen Sie's?»

«Teufel auch!»

«Das ist die richtige Einstellung. In Ordnung, morgen, um neun, hier.»

«Ist es eine Pille, oder was?»

«Eine Pille. Die beiden Komponenten sind in einer Pille gemischt.»

«Welche Farbe hat sie?»

«Rosa.»

«In Ordnung, neun Uhr morgens.»

Wir standen auf. Er legte mir die Hand auf die Schulter. «Ben, Sie werden es nicht bereuen. Und Sie werden *reich* sein.»

Ivo erwies sich als ein kleiner, dunkelhaariger Mann von etwa fünfzig Jahren mit einer verschrumpelten Hand und einem sardonischen Gesichtsausdruck. Das war mehr als bloßer Schein. Als Winkle uns einander vorstellte, streckte Ivo die verschrumpelte Hand aus, und als ich sie einen Moment lang zwischen Daumen und Zeigefinger hielt, grinste er. Wir setzten uns. Er trug ein flottes Kamelhaarjackett, ein am Kragen offenes, großkariertes Hemd, ein locker drapiertes Foulardtuch und eine weiße Flanellhose. Er schlug ein Bein über das andere. Keine Socken an den Füßen in den mokassinartigen Schuhen. Dafür, daß er so klein war, hatte er eine mächtige Stimme. «So so, Ben, Sie kommen also an Bord von unserem kleinen Love Boat. Glückwunsch. Sie werden Ihren Spaß haben. Und Sie werden einen Beitrag zum Glück der Menschheit leisten. Der gute Doktor sagt mir, daß er Sie auf die nötige Vertraulichkeit hingewiesen hat. Deren Bedeutung ist gar nicht hoch genug zu veranschlagen.» Während er sprach, wippte er kokett mit einem Bein. Er war eine komische Figur, nur daß Winkles ernstes, ja ehrerbietiges Gebaren ihn geradezu gespenstisch erscheinen ließ.

«Ben, haben Sie im Moment eine Freundin?»

«Bin in einer Zwischenphase.»

«Sie werden bald eine haben.»

«Werde ich im Park über sie herfallen? Wann setzt es ein? Wird es mich schleichend überkommen? Was ist der zeitliche Rahmen? Muß ich Vorkehrungen treffen?»

«Ich darf Sie was fragen, Ben, Sie haben doch Freude am Sex, nicht wahr?»

«Ja.»

«Dann werden Sie an Venus Ihre Freude haben. Was, würden Sie sagen, war Ihr Hauptmotiv für Ihre Teilnahme? Geld? Abenteuer?»

«Mr. Ivo ...»

«Einfach Ivo.»

«Ist das ein Vorname? Ivo, welche Garantie haben der Doktor und ich, daß wir je unsere ‹Teilhabe› sehen werden?»

«Ah! Gute Frage. Ihnen ist wohl klar, daß ich Ihnen keinen schriftlichen Vertrag geben kann, denn der Name meiner Firma muß eine Zeitlang geschützt bleiben. Ich kann Ihnen natürlich mein Wort geben, aber Sie haben noch keinen Grund, dem zu vertrauen. Doch wie Dr. Winkle Ihnen schon gesagt hat, schlittern wir alle am Rande des Gesetzes entlang. In gewissem Sinne bin ich also in Ihrer Hand, und genauso sind Sie in meiner. Vertrauen ist nötig, in beide Richtungen.» Er wartete auf meine Antwort.

«Okay.»

«O-*kay*!» sagte Winkle und rieb sich die Hände.

«Sollen wir anfangen?» fragte Ivo.

«Nur immer los!»

«Ich möchte zunächst noch einmal auf die nötige Diskretion hinweisen. Ich darf sogar sagen, Geheimhaltung. Wenn gewisse Behörden von der Testreihe erfahren, müssen wir sie abbrechen. Wenn gewisse Konkurrenten davon erfahren, verlieren wir alles. Verstanden?»

Ich nickte.

Er holte aus der Innentasche seines Jacketts ein kleines zylindrisches Metallröhrchen und hielt es mir vor die Augen. «Hier ist eine Einzeldosis drin, und nur eine.» Er schüttelte das Röhrchen, und es klang wirklich nach einer einzigen Tablette. «Es ist auch ein Lösungsmittel drin, das freigesetzt wird, wenn man hier draufdrückt.» Er zeigte auf einen Knopf am Boden des Röhrchens. «Wenn das Lösungsmittel freigesetzt wird, zersetzt sich die Pille und ist chemisch nicht mehr zu analysieren. Nur für den Fall, daß jemand im Programm auf dumme Gedanken kommen sollte.» Er gluckste vor sich hin.

Ich spähte zu Winkle hinüber, der, das ehrte ihn, die Stirn runzelte. «Ben, ich weiß, diese Vorsichtsmaßnahmen wirken extrem. Doch es geht um etwas ganz Großes.» Er sah mich flehend an.

«Okay, okay.»

«Gut!» sagte Ivo, schraubte das Röhrchen auf und ließ die Pille von der Größe eines Aspirins in seine verschrumpelte Hand gleiten.

«Die stecke ich Ihnen gleich in den Mund. Sie trinken dann ein Glas Wasser» – er gab Winkle ein Zeichen, das Wasser zu holen –, «und dann untersuche ich Ihren Mund, um mich zu vergewissern, daß Sie sie geschluckt haben. Einverstanden?»

Ich nickte. Er bediente sich seiner normalen Hand, über die er einen Latexhandschuh aus seiner Tasche gezogen hatte, um die Pille einzuwerfen und mir am Zahnfleisch und unter der Zunge herumzutasten. Winkle war sichtlich erleichtert. Wahrscheinlich hatte diese Zeremonie sie ein oder zwei Spieler gekostet.

«Morgen kann bei Ihnen eine leichte Reaktion eintreten, eine gewisse Mattigkeit, vielleicht ein wenig Fieber. Bleiben Sie zu Hause, wenn Ihnen das lieber ist, oder gehen Sie zur Arbeit. Die Beeinträchtigung ist gering, dauert einen Tag höchstens. Das ist alles.»

Ich stand auf und ging ins Vorzimmer, wobei ich die Tür hinter mir schloß. Die Arzthelferin Penny war eingetroffen und saß hinter ihrem Schreibtisch. «Ben, jedesmal, wenn ich Sie sehe, sehen Sie besser aus.»

Sie war wahnsinnig süß. Vielleicht würde sie meine Forschungsassistentin werden.

Ein Abend im Club

Ich hatte keinerlei Reaktion, keine Mattigkeit, kein Fieber. Winkle rief am nächsten Morgen an und am folgenden Morgen und am dritten Morgen. Ich hatte nichts zu berichten, weder Gutes noch Schlechtes.

«Doktor, wie wär's, wenn ich Sie anrufe, wenn das, was passieren soll, passiert, okay?»

«Gewiß, Ben, wenn Ihnen das lieber ist.»

Er rief trotzdem jeden Morgen an.

«Vielleicht wirkt es nicht bei jedem», sagte ich.

«Da wären Sie der erste. *Etwas* ist bei jedem passiert.»

Am Abend des siebenten Tages ging ich dann in meinen Club, um an der speziellen feierlichen Mitgliederversammlung teilzunehmen, die einmal im Monat stattfand. Diesmal war sie wirklich speziell. Wir feierten den ersten Jahrestag der Zulassung von Frauen im Club nach einhundertfünfzig Jahren seines Bestehens.

Der Kampf war erbittert gewesen. Bis dahin hatte man im Club nicht einmal beim Mittagessen weibliche Gäste toleriert. Die ältesten Mitglieder sahen daran nichts Anstößiges. Es verhalf ihnen vielmehr zu einem ihrer wichtigsten Argumente gegen Frauen. Schrille weibliche Stimmen, sagten sie, würden Mitglieder stören, die in den tiefen Ledersesseln ihren Nachmittagsschlaf hielten.

Als der Kampf um die Frauen ausgestanden war, sollte das erste neue Mitglied, so beschlossen wir, die Frau des Gouverneurs sein, die First Lady des Bundesstaates. Der Gouverneur, selbst Mitglied, nominierte sie, und da ich mich für die Sache stark engagiert hatte, wurde mir die Ehre zuteil, zu sekundieren. Bei der Versammlung an diesem Abend saß sie mir sogar am Tisch gegenüber, zusammen mit dem Gouverneur, dem gegenwärtigen Clubpräsidenten und zwei Mitgliedern des Zulassungskomitees. Der Gouverneur war genau der Richtige für seinen Job: volltönende Stimme, widerspenstiges Haar, Osterinselkinn, Indianerhäuptlingsnase. Die Frau des Gouverneurs war eine recht attraktive Frau mittleren Alters.

Allerdings nicht so attraktiv wie die Dame zu meiner Linken, die hellgrüne Augen hatte, kurzes, schwarzgelocktes Haar und einen makellosen blassen Teint mit einem Farbfleck auf jedem Wangenknochen.

Der Präsident erzählte von dem Streit vor zwanzig Jahren, als es darum gegangen war, ein Georgia-O'Keefe-Bild aus der Sammlung des Clubs zu verkaufen, um eine Beitragserhöhung zu vermeiden. Der Streit war genauso bissig gewesen wie der um die Frauenfrage. «Vielen Mitgliedern war es ziemlich ans Herz gewachsen.»

«War es eines ihrer Gemälde, die das weibliche Genital darstellen?» fragte die Frau des Gouverneurs.

«Ja, das war es.»

«Vermissen Sie es?»

«Ja, eigentlich schon.»

«Nun, jetzt haben Sie ja lauter echte hier.»

«Ja, das stimmt», sagte der Präsident und wurde rot.

«Sie müssen wissen», flüsterte ich der Dame zu meiner Linken zu, «ich habe in der Herrentoilette meinen Hosenschlitz offengelassen. Ich mache ihn jetzt zu. Ich wollte nur, daß Sie wissen, was ich tue.»

«Lassen Sie nur», flüsterte sie zurück. «Ich habe kein Höschen an. Mir gefällt die Symmetrie.»

«Es gab eine Fraktion», sagte der Präsident, «die wollte statt dessen unseren Remington-Cowboy verkaufen.»

«War das aus Versehen, das mit dem Höschen?» flüsterte ich, und sie lächelte.

«Bis zu der Debatte hatte ich das Bild gar nicht verstanden», sagte der Gouverneur.

«Wahrscheinlich war die Farbe runter», sagte seine Frau.

Die hübsche Frau preßte ihr Bein gegen meines, und plötzlich begann mein Penis, dicker und länger zu werden, und zwar nicht wie üblich an der Innenseite des Schenkels entlang, sondern leicht pulsierend, wobei er sich durch die Öffnung in meinen Boxershorts hoch und aus meiner Smokinghose herausarbeitete.

«Geht's Ihnen gut?» fragte sie.

»Sehe ich komisch aus?»

«Ein bißchen.»

Er wandte sich nach links, wobei er leicht pulsierend weiterwuchs. Er schien seinen Weg zu kennen, wie ein Marschflugkörper mit Hitzesensor. Er lag auf ihrem Schenkel, drückte dagegen. Sie blickte rasch auf meine Hände, dann auf die Hände des Mannes zu ihrer Linken. Alle waren gut zu sehen.

«Da ist jemand unter dem Tisch», flüsterte sie wie angestochen, und sie war im Begriff, ihren Stuhl zurückzustoßen und aufzuspringen.

Ich legte meine Hand auf ihre und hielt sie fest. Die Frau des Gouverneurs bemerkte es und lächelte.

«Das bin ich», flüsterte ich.

«*Sie!*»

«Erschrecken Sie nicht.»

«Ist das ein Trick?»

«Nein, das bin wirklich ich.»

«Es bewegt sich.»

«Ich weiß.»

Vorsichtig langte sie mit ihrer freien Hand unter den Tisch und betastete ihn von der Spitze bis zur Wurzel.

«Es ist ein Gerät», sagte sie.

«Nein, das bin ich.» Er krümmte sich abwärts und drängelte sich zwischen ihre Beine. «Schieben Sie Ihren Rock hoch!»

«Was?»

«Machen Sie schon!» Ich gab ihre Hand frei.

«Kommen Sie, nach vorn!»

Sich senkend, wuchs er weiter, und langsam, beständig, hinein.

«Ruhe bewahren», sagte ich.

Das Pulsieren verstärkte sich.

«Mit Geduld und Spucke», sagte ich.

Ihre Augen schlossen sich, ihre Lippen öffneten sich, ihr Bein bebte an dem meinen, die Farbflecke breiteten sich über ihre Wangen aus. Sie gab keinen Laut von sich. Ich auch nicht.

Als sie die Augen öffnete, blickte sie nur mich an, als fürchte sie, die anderen anzusehen. Sie holte tief Luft und fragte, ob uns jemand gesehen habe.

Ich warf einen Blick auf die anderen vier. Nur die Frau des Gouverneurs schien Interesse zu haben, und auch nur ein geringes. Wahrscheinlich dachte sie, ich hätte etwas Verruchtes zu meiner Nachbarin gesagt.

«Alles okay», sagte ich. «Geht es Ihnen gut?»

«Er rutscht raus. Wie haben Sie das gemacht?»

«Weiß ich nicht.»

«*Wissen* Sie nicht?»

«Am besten setzen wir uns nachher bei dem Vortrag nach hinten. Ich erzähle Ihnen dann, was ich weiß. Jetzt gehe ich noch mal zur Toilette.»

«Ich auch», sagte sie.

Ich stand auf, wobei ich meine Serviette mitnahm. Sie tat dasselbe.

Ein pensionierter Heeresgeneral sollte über die strengen Strafen sprechen, die über Offiziere verhängt wurden, welche beim Ehebruch oder der Überschreitung von Klassenschranken mit einfachem Personal erwischt wurden. Die Bar des Clubs wäre der Dame und mir lieber gewesen, doch da wir am Prominententisch gesessen hatten, durften wir beim Vortrag nicht fehlen. Der General nannte sein Thema «Careless Love».

Als meine neue Freundin von der Toilette wiederkam, setzte sie sich neben mich auf eine Couch, die ein wenig abseits von den etwa hundert Faltstühlen stand, und schob ihre Hand unter meinen Hintern. Jetzt, da ihre Zurückhaltung und ihr Staunen gewichen waren, kam ihre klassische Schönheit voll zur Geltung.

«Also, jetzt erzählen Sie mal», flüsterte sie, «wie haben Sie das gemacht?»

«Ich nehme etwas.»

«Koks?»

«Eine Sexdroge. Etwas Neues.»

«Ich wende mich heute an Sie» – der General begann seinen Vortrag – «nicht als Offizier und auch nicht als Gentleman. Ich wende mich an Sie als ein Soldat ...»

Ich erklärte, daß mein Arzt mich in ein Programm aufgenommen hatte, bei dem das Medikament getestet wurde.

«Hat das immer diese Wirkung?»

«Das wissen wir nicht. Mein Arzt weiß nur, was er selbst herausfindet.»

«Ist es das erste Mal, daß Sie sie das ausprobiert haben?»

«Ich habe es nicht ausprobiert. Es hat mich ausprobiert.»

«Das klingt gefährlich.»

«Da ist noch was. Jeder, der an der Testreihe beteiligt ist, bekommt am Ende einen Anteil an der Firma.»

«Wenn ihr noch am Leben seid. Warum machen Sie das?»

«Aus Spaß, nehm ich mal an. Es hat doch Spaß gemacht, oder?»

«Mmm.»

«Die Sache nennt sich Venus.»

«Und wie nennen Sie sich?»

«Ben.»

«Ben!» sagte sie billigend und zappelte mit der Hand unter meinem Hintern.

«... ein Mann, der dem Versprechen, das er am Altar gibt, nicht die Treue hält, wird auch dem Versprechen, das er auf dem Schlachtfeld gibt, nicht die Treue halten ...»

«Bist du verheiratet?» fragte sie.

«Nein. Du?»

«Nein. Schon mal verheiratet gewesen?»

«Nein. Du?»

«Nein.»

Der General beendete seinen Vortrag und erhielt seinen Dank vom Präsidenten, der sagte, er sei sicher, daß die Ansichten über die Treue von den Mitgliedern geteilt würden, ganz besonders von «diesem alten Mit-Glied, das ich bin». Um den Witz hervorzuheben, machte er eine kleine Pause und sah auf den Katheder hinunter.

«Wir könnten irgendwo hingehen und reden», sagte ich. «Ich weiß nicht, wie du heißt.»

«Cynthia Darling.»

«Wirklich?»

«Wirklich», sagte sie. «Oder wir mischen uns einfach unter die Leute und genießen, daß wir etwas wissen, was die nicht wissen.»

«Machen wir das doch», sagte ich.

Die Bibliothek, der Raum, in dem die Vorträge gehalten werden, ist ein großer Saal mit einer hohen holzgeschnitzten Decke; an allen vier Wänden reichen Bücher, von denen einige von gegenwärtigen oder früheren Mitgliedern stammen, bis unter die Decke. Das Clubhaus, eine nachgemachte italienische Villa, die Mitte des neunzehnten Jahrhun-

derts errichtet wurde, sieht am Abend der Mitgliederversammlung ziemlich großartig aus, mit den funkelnden Kan-
delabern und Frauen und Männern in ihren Seidengewän-
dern und Dinnerjacketts.

Nach dem Vortrag gingen die Mitglieder wie gewöhnlich
nach Hause, oder sie verteilten sich im Gebäude – gingen in
die Bar oder in das Rauchzimmer, in die Kunstgalerie ein
Stockwerk tiefer, das Billardzimmer im Untergeschoß, das
inoffizielle Pokerzimmer auf dem Dachboden (Spielen ver-
stieß gegen die Clubregeln). Doch Cynthia und ich blieben
stehen, und wir wurden einfach von Leuten umringt.
Anfangs dachte ich, es läge daran, daß wir mit der Frau des
Gouverneurs gegessen hatten, aber unsere beiden Gruppen,
Cynthias und meine, waren tatsächlich größer als ihre, fünf
oder sechs Frauen umringten mich, sechs oder sieben Männer Cynthia, so daß sie und ich getrennt wurden, obgleich
ich hörte, wie sie sagte: «Offensichtlich ist jemand der Frau
General an die Hose gegangen.» «Ans Höschen», rief ich zu
ihr hinüber. «Ans Höschen», verbesserte sie sich und warf
mir über eine Smokingschulter ein Lächeln zu. Da fragte
ich mich, ob Cynthia Darling und ich ein sexuelles Signal
ausstrahlen mochten, einen unterschwelligen Duft vielleicht?

Die Frau des Gouverneurs löste sich aus ihrer Gruppe
und gesellte sich zu Cynthia. Die Art, wie die beiden sich
unterhielten, zeigte mir, daß sie sich schon kannten.

Was mich anbelangte, so hielt mich eine Frau fest am
Arm; eine andere, mit Sonnenbrille und ansonsten sehr
schön, rieb ihre Brust an meinem anderen Arm. «Sie haben
Ihren Spaß, oder?» sagte sie geheimnisvoll und entfernte
sich. Ich hatte im Club noch nie jemanden mit Sonnenbrille gesehen.

Die Frau des Gouverneurs verließ Cynthias Gruppe und
kam zu mir herüber. Die Frauen machten ihr Platz. «Hallo»,

sagte sie. Eine Frau fragte sie, was sie vom Vortrag des Generals halte. «Er hat recht, die alte Spaßbremse.» Als die Frauen sich wieder einander zuwandten, führte sie mich beiseite. «Kennen Sie und Cynthia sich schon lange?»

Ich erklärte ihr, daß wir uns gerade erst kennengelernt hatten.

«Sie scheinen sich füreinander zu interessieren. Sind Sie verheiratet?»

«Wir sind beide nicht verheiratet.»

«Von Cynthia weiß ich das. Von Ihnen weiß ich nichts.»

«Zum Beispiel, ob ich in Ordnung bin.»

«Sind Sie es?»

«So ziemlich.»

«Wissen Sie, wer sie ist?»

«Cynthia Darling.»

«Wissen Sie, warum sie heute abend an dem Tisch saß?»

«Nein.»

«Sie schreibt die Reden für meinen Mann. Ich glaube, Sie gefallen mir. Kommen Sie doch Samstag mit ihr zum Abendessen. Sie hat die Adresse. Können Sie?»

«Ja, Ma'am.»

Sie war anders als ihre Fernseh-Persona, die charmant und unkompliziert war. Hier war sie eine Dame mit blitzenden Augen, eher ein harter Brocken. Ich fragte mich, ob Cynthia auch so ein harter Brocken war.

Ohne mich löste sich die Gruppe der Frauen auf. Die Männer hatten offenbar ihre Neugierde auf Cynthia hinreichend gestillt. Sie kam zu mir und nahm mich bei der Hand. «Was wollte die Ma'am?»

«Sie meint, wir hätten was miteinander.»

«Haben wir das?»

«Sie lädt uns für Samstag zum Abendessen ein.»

«Mmm.»

«Willst du nicht, oder was ist los?»

«Wirst schon sehen.»

Wir gingen in die Bar – ein lauschiger Ort für einen Drink. Der Tresen selbst war aus einem Stück, aus dunklem, schimmerndem Holz von etwa sieben Metern Länge. Die Gleichberechtigung im Club war noch nicht vollständig vollzogen. Einige Mitglieder verließen demonstrativ die Bar, wenn eine Frau hereinkam. Es gab die inoffizielle Regel, daß eine Frau in Begleitung eines Mannes zu sein hatte. Doch immer noch gingen einige Mitglieder hinaus, wenn eine Frau hereinkam.

Um den Abend zu feiern, bestellte ich einen Drink, den ich für teuflisch hielt und seit Jahren nicht getrunken hatte, Pernod mit Wasser.

«Ich auch», sagte Cynthia.

Frenchy, der Barmann, goß die gelbe Flüssigkeit ein, schüttete Wasser hinzu, und wir sahen, wie sie milchig wurde. Frenchy entfernte sich, und ich sagte: «Cynthia, Darling, mit Komma, ich kann gar nicht glauben, was für ein Glück ich habe.»

«Ich auch», sagte sie und lächelte. Auch wenn sie rosig und blaß war, hatte sie doch die hinreißend weißen Zähne einer Schwarzen.

Sie erzählte ein paar von ihren Abenteuern als Redenschreiberin für den Gouverneur, und als ich ihr sagte, daß ich Werbetexter sei, meinte sie: «Wir sind beide Huren, nur wirst du besser bezahlt.»

«Cynthia Darling, ich glaube, ich liebe dich.»

«Ich dich auch.»

Ich brachte sie mit einem Taxi nach Hause. Sie wohnte in einem Hochhaus aus Stahl und Glas. Ich ging nicht mit hinauf. Wir beschlossen, nicht zu versuchen, uns zu überbieten, jedenfalls nicht sofort. Wir verabredeten uns für den nächsten Abend.

Liebesfeier

Am Morgen rief ich als erstes Winkle an, um ihm meine Neuigkeiten mitzuteilen. «Warten Sie», sagte er. «Ich lasse Ivo herkommen. Kommen Sie und erzählen Sie ihm alles selbst.»

Als ich ankam, erklärte Schwester Penny gerade einem Patienten, daß sein Termin verschoben werden müsse, der Doktor habe einen Notfall. Sie winkte mich hinein. Der Patient sah uns argwöhnisch an.

Ivo wußte, daß ich ihn nicht ausstehen konnte. Zum Gruß zeigte er mir nur sein purpurnes Zahnfleisch. «Wie ich höre, haben Sie richtig was zu erzählen.»

Ich erzählte ihnen alles, ohne den Dialog.

«Diese Cynthia», sagte Ivo, «wie alt ist sie?»

«Fünfundzwanzig. Etwa.»

«Mit Familiennamen heißt sie ...?»

«Nächste Frage.»

«Aber sie hat es genossen.»

Ich nickte.

«Durch und durch?»

Ich nickte.

«Sie muß ... abschußreif gewesen sein, sozusagen.»

Ich konnte den Kerl *wirklich* nicht ausstehen. Winkle sah das und warf ihm einen warnenden Blick zu.

«Ganz außerordentlich», sagte Ivo.

Ich fragte, ob ihm schon etwas Ähnliches untergekommen sei.

«Nächste Frage», sagte Ivo.

«*Ihnen* etwa?» fragte ich Winkle.

Ivo warf *ihm* einen warnenden Blick zu. «Ben, planen Sie ein weiteres ... Treffen mit Cynthia?»

«He, Ivo, einen Dreck werde ich Ihnen erzählen.»

«Sie können schwerlich behaupten, daß mich das nichts angeht.»

Winkle wurde lauter. «Ben, wir versuchen doch bloß, etwas herauszufinden.»

«Spüre ich da etwa», sagte Ivo, «gewisse zarte Regungen für Cynthia? Schauen Sie, Ben, wir sind verantwortlich für etwas Neues und Freudiges in Ihrem Leben. Lassen Sie uns daran teilhaben.»

Winkle nickte.

«In Ordnung, ich treffe sie heute abend.»

«Gut, gut», sagte Ivo.

«Gut, gut», sagte Winkle.

«Soll ich das Mittel noch mal nehmen?»

«Wir meinen, gegenwärtig sind Sie ... hinreichend ausgerüstet.» Er lächelte sein klebriges Lächeln.

«Ich möchte gern mit Dr. Winkle allein sprechen.»

«Warten Sie doch bitte draußen. Wir brauchen ein, zwei Minuten, dann haben Sie den guten Doktor ganz für sich allein.»

Schwester Penny hatte den Patienten abgewimmelt. «Darf ich Sie etwas fragen, ohne mir Ärger mit dem Chef einzuhandeln? Was geht hier vor? Ich habe haufenweise Termine abgesagt, wir verlieren Patienten, und wer ist das Ekel da drinnen?»

«Treffen wir eine Abmachung», sagte ich, «Sie erzählen mir, was Sie wissen, und ich erzähle Ihnen, was ich weiß.»

«In Ordnung.»

«Hier geht wirklich etwas vor. Ivo und Winkle machen eine Testreihe, und ich bin eine Versuchsperson, ein Spieler.»

«Bei was?»

«Sagen Sie mir erst noch, es gibt doch noch zwei weitere Spieler, nicht wahr?»

«Zwei Männer. Ein alter Typ, vierundsechzig, der andere ist zweiundvierzig.»

«Was haben wir miteinander gemein?»

Sie dachte einen Moment lang nach. «Sie alle sind gesund. Sie sind alle bloß Check-up-Patienten.» Sie blickte vorsichtig zu Winkles Tür hinüber. «Also, was ist das für eine Testreihe?»

«Eine Sexdroge.»

«Wie Viagra?»

«Nur heftiger.»

«Wofür brauchen Sie eine Sexdroge? *Die* Beschwerden haben *Sie* doch nicht. Sie sind ein schöner, kräftiger junger Mann.»

«Huch!»

«Was ist los?»

«Tun Sie mir einen Gefallen.»

«Selbstverständlich. Was?»

«Sagen Sie etwas Gemeines zu mir!»

«Was meinen Sie?»

«Sagen Sie, Sie können mich nicht ausstehen!»

«‹Sie können mich nicht ausstehen.›»

«Nein, nein. Sagen Sie etwas Schlechtes! Seien Sie schlecht zu mir!»

Sie legte den Daumen an die Nase und wackelte mit den Fingern.

«Mehr! Bitte.»

Sie prustete verächtlich.

«Schon besser.»

«Was ist passiert?»

«Als Sie sagten, ich sei schön, wurde ich ganz ... aufgeregt.»

«Eine Erektion?»

«Ja.»

«Ist das was Schlimmes?»

«Es fällt mir schwer, das zu erklären.»

«Ist es die Sexdroge?»

«Ja.»

«Ach, also nichts Persönliches. Ich habe eben kein Glück.»

Wir versanken beide in Gedanken. Ivo tauchte auf und winkte mit seiner verschrumpelten Hand. «Viel Vergnügen, Ben!»

Winkle stand in der Tür zu seinem Sprechzimmer und nickte mir einladend zu. Penny legte den Finger auf die Lippen.

Winkle war ein gewissenhafter Arzt. Jetzt spürte ich jedoch, daß er mehr an Geld als an Hilfe und Wissenschaft interessiert war. Nun ja, zum Teufel, ich war ja auch interessiert.

«Ist das, was Sie uns erzählt haben, buchstäblich wahr?»

«Buchstäblich.»

«Ganz schöner Weg, den Ihr Penis da zurückgelegt hat. Dann sehen wir uns das doch mal an. Stehen Sie auf. Nehmen Sie ihn heraus... zur Gänze.» Er hob behutsam die Eichel an, schaute darunter, bewegte sie dann von einer Seite zur anderen. «Keine Merkmale einer ungewöhnlichen Dehnung. Darf ich fragen, ob Sie ihn auf eigene Faust so weit bringen können?»

«Weiß ich nicht. Habe ich nicht probiert.»

«Möchten Sie?»

«Nicht sonderlich.»

«Ich könnte Penny hereinholen, damit sie mit Hand anlegt.»

«Nein.» Ich steckte ihn wieder in die Hose und setzte mich hin. «Sie müssen schon mein Wort dafür nehmen.»

«Gewiß, gewiß. Übrigens hat Ivo gefragt, ob wir mit Cynthia sprechen könnten.»

«Auf gar keinen Fall.»

«Sie könnte in die Testreihe miteinsteigen und ein paar von den Aktien kriegen.»

«Nein», sagte ich lauter als nötig.

«Okay, okay.»

Ich wartete einen Moment, um mich wieder zu beruhigen. «Nehmen noch andere Frauen an den Tests teil?» Er antwortete nicht. «Warum ist die Firma ein Geheimnis?»

«Er hat Angst, daß man ihm die Sache klaut. Er hat Angst, daß die FDA es rauskriegt. Die Sache hat ihn ein bißchen irre gemacht. Es ist seine große Chance, seine Chance, groß herauszukommen.»

«Ihre auch.»

«Kann schon sein. Ben, gehen Sie und genießen Sie es. Rufen Sie mich morgen an und erzählen Sie mir, wie es gelaufen ist. Tun Sie das?»

«Ja.»

«Brav!»

Wir standen auf. Er klopfte mir auf den Rücken. Ich ging nach Hause, um nachzudenken.

Statt nachzudenken, machte ich ein Nickerchen und hatte dabei einen Traum.

Ich befand mich im Hauptsaal eines großen Palastes. Der Fußboden war aus Marmor und die Wände aus dunklem poliertem Holz. Männer und Frauen in Abendgarderobe standen in Gruppen herum, hielten Gläser in den Händen und unterhielten sich. Mir zu Füßen lag eine Schlange, mit goldenen Schuppen, die glitzerten, als sie sich hin- und herwand. Sonst bemerkte niemand die Schlange. Sie blickte hoch, um zu sehen, ob ich sie auch beobachtete, dann glitt sie vorwärts. Sie drehte immer wieder den Kopf zurück, um sich zu vergewissern, daß ich folgte. «Nur weiter, nur weiter!» sagte ich. Ich dachte, sie würde die Marmortreppe hinaufkriechen, doch sie führte mich an einen dunklen Ort hinter der

Treppe. Die goldene Schlange leuchtete kalt. Plötzlich richtete sie sich auf, balancierte auf ihrem Schwanz und verwandelte sich in einen Strunk. Ihr Kopf blühte auf und wurde zu einer Blume von dreißig Zentimeter Durchmesser. Tausende von Diamanten sprühten daraus hervor, und mein Skelett bebte vor Lust. Eine Gestalt umarmte mich. Ihr Kopf versteckte sich an meiner Schulter, doch ich wußte, daß es Cynthia war. Es war der schönste Traum, den ich je hatte.

An jenem Abend sah ich immerhin, daß Cynthias Wohnung eine typische Singlewohnung war. Hatte sich ihr Aussehen durch meinen Traum noch gesteigert, oder war sie wirklich die schönste Frau, die ich je gesehen hatte? In der stumpfen Beleuchtung des Clubs waren mir die Grübchen entgangen, wenn sie lächelte, das Schimmern ihres Haars, wenn sie sich bewegte, die Finger, die sich wie bei einer Botticelli-Jungfrau verjüngten. Während ich ihre zierliche Brust unter der schimmernden grünen Bluse musterte, überlegte ich, wie seltsam es war, daß diese Frau und ich, die wir uns geliebt hatten, uns bislang kaum berührt hatten. Ich war von ihrem Aussehen so überwältigt, daß ich beinahe Angst hatte, sie in die Arme zu schließen.

Sie spürte das und zog meinen Kopf herab und preßte ihre Lippen auf meine.

«Darling», sagte ich.

«Das bin ich. Also, wir könnten gut und gerne hierbleiben und ... unsere Freundschaft bekräftigen. Aber ich habe eine andere Idee.»

«Schieß los!»

«Ich habe Lust auf etwas.»

«Schieß los!»

«Ich würde gern in ein Restaurant gehen und genau dasselbe machen, was wir gestern abend gemacht haben.»

«Ich habe mich irgendwie darauf gefreut, auch den Rest von dir zu sehen.»

«Wir kommen zurück, und dann kannst du deine Augen weiden. Was sagst du dazu?»

«Ich liebe dich, das sage ich dazu.»

«Das wußte ich, deshalb habe ich im La Côte d'Azur angerufen und einen Tisch reserviert.»

«An der Wand?»

«Tischdecke bis zum Fußboden», sagte sie.

Ich hatte von dem Restaurant schon gehört, das ebenso berühmt für seine Einrichtung wie für seine Küche war. Und es war wirklich prachtvoll. Ein quadratischer Raum mit hoher Decke, Bildern von der südfranzösischen Küste an den drei hinteren Wänden, liebevoll arrangierte Gedecke, überall Blumenschalen, funkelnde Wein- und Wassergläser, Tische für vier und sechs Personen, Tische mit Sitzbank für zwei, alle bedeckt mit leuchtend weißen und, wie ich bemerkte, sehr großen Tischtüchern.

«Guten Abend, Miss Darling», sagte der Maître d', «eine Freude, Sie zu sehen.»

«Guten Abend, Jean. Adrett wie immer.»

Er wurde rot. Ein unkomplizierter Typ. Er führte uns zu einem Tisch mit Sitzbank an der Wand – ich spürte, daß Cynthia nach einem ganz bestimmten Tisch verlangt hatte – und sagte, daß der Kellner gleich zu uns kommen würde.

Cynthia hob die Hand. «Ben, hättest du etwas dagegen, wenn ich uns Jean anvertraue? Er kennt seine Speisekarte, und er kennt mich.»

Jean wurde wieder rot.

«Und, Jean, Sie suchen den Wein aus.»

Während er sich mit unserem Kellner besprach, fragte Cynthia: «Was hat er zu dir gesagt, als wir hereinkamen?»

«Er sagte: ‹Monsieur, Ihr Schlitz ist offen.›»

«Und was hast du gesagt?»

«Ich hab gesagt: ‹Weitblick, Jean.›»

«Das hast du nicht.»

«Er dachte, ich meinte, zum Glück habe er es bemerkt.»

«Du hättest sagen können: ‹C'est prémédité.›»

«Man hätte uns für den Rest der Mahlzeit observé.»

Als sie so zu meiner Rechten saß, war ich dermaßen glücklich, daß ich mich fragte, ob Venus auch stimmungsaufhellend wirkte. Der Kellner zeigte uns das Weinetikett, Cynthia nickte. Er goß ein. Ich nippte. Himmlisch. Er beschrieb die Hors d'œuvres. «Frische Entenleber mit Trüffelsauce und Waldpilzen.» Cynthia lächelte. Himmlisch in jeder Hinsicht.

«Wie sieht der Schlachtplan aus?» fragte ich, nachdem der Kellner die Hors d'œuvres abgeräumt hatte.

«Du bist der Boß», sagte sie.

«*Er* ist der Boß.»

Die verschiedenen Hauptgerichte wurden serviert. Cassoulet für mich («ein bäuerliches Gericht, um dir Kraft zu geben», sagte sie). Steak au poivre flambé für sie («damit ich Feuer in die Lenden kriege»).

«Vorsicht!» sagte ich.

«Was ist los?»

«Lieber keine verfrühten Ankündigungen.»

Ich bin sicher, daß wir auffielen. Jean lächelte uns die ganze Zeit an, und unser Kellner, sonst der strenge Typ, wie er von französischen Nobelrestaurants bevorzugt wird, hatte jedesmal, wenn er etwas auftrug, ein flüchtiges Grinsen für uns.

Als er die Teller abräumte, sagte ich: «Rock hoch!»

«Periskop hoch!» sagte sie, und tatsächlich wurde er, kurz und schnell pulsierend, länger und dicker. Heraus war er, und wandte sich nach ... *links*.

«Er geht in die falsche Richtung», sagte ich. «Er denkt, du bist auf der anderen Seite, wie gestern abend. Unternimm etwas!»

Mit geschürzten Lippen machte sie diskret den nicht zu

buchstabierenden Laut, mit dem man eine Katze lockt. Es funktionierte. Er richtete sich gerade auf, war aber schon so lang, daß er Schwierigkeiten hatte, unter dem Tisch durchzukommen. Ich rutschte zurück, um ihn vorbeizulassen. Er senkte sich wie ein Kran nach rechts und drückte auf Cynthias Schenkel, wandte sich dann abwärts zwischen ihre Beine und drang ein. Das Pulsieren wurden langsamer und stärker. Er schien genau zu wissen, wie lange er sich halten mußte, denn die Farbe breitete sich im selben Moment über ihre Wangen aus, als tausend Diamanten hervorsprühten.

Unser Kellner erschien und stellte uns zwei Teller Erdbeeren hin.

«Richten Sie Jean aus», sagte Cynthia ein wenig atemlos, «Gott hätte eine bessere Beere erschaffen können, doch Er tat es nicht.»

Jean schickte uns auf Kosten des Hauses zwei Remy Martin, und Cynthia küßte ihn an der Tür. Er bemerkte, daß mein Schlitz immer noch offen war, und zuckte mit den Schultern. Wie französisch, dachte ich. Wie amerikanisch, dachte er bestimmt.

Im Taxi nahm sie meine Hand, legte den Kopf an meine Schulter und schloß die Augen. Ich sagte zum Chauffeur, er solle durch den Park fahren. Duft von blühenden Bäumen wehte durch das offene Fenster herein. Ich hob ihre Hand an meine Lippen. Sie hatte ihren eigenen Duft. Cynthia lächelte ein schläfriges Lächeln und sagte: «Ben.»

Als wir ankamen, war ich nunmehr entspannt genug, um ihr Apartment in Augenschein zu nehmen, ein Selbstporträt von Egon Schiele im Alkoven und ein Mutter-und-Kind-Motiv von Mary Cassatt im Wohnzimmer. Auf dem Fußboden lag ein großer Perser, auf dem fünf oder sechs kleinere Brücken verteilt waren.

Sie bat mich, auf einer Couch Platz zu nehmen, und verschwand. Nach etwa einer Minute kam sie nackt wieder, sie schritt auf und ab, die Hand auf der Hüfte, drehte sich zu mir, dann wieder weg, wobei sie die ganze Zeit wie ein Mannequin geradeaus schaute. Sie verschwand wieder, erschien ein weiteres Mal und machte dasselbe, änderte aber ihren Gang. Beim dritten Mal packte ich sie und zog sie zu mir hin. Sie streckte sich aus, den Kopf in meinem Schoß, ihr Gesicht mir zugewandt.

«Hast du dich gefragt, weshalb ich gestern abend kein Höschen getragen habe?»

«Du hast es vergessen.»

«Frauen vergessen ihre Höschen nicht. Aus zwei Gründen. Sie sind ein Symbol der Sklaverei, wie ein Ehering, und ich mag es gern luftig. Du meinst, ich sei promiskuitiv.»

«Meine ich nicht.»

«Bin ich auch nicht. Promiskuität ist wahllos – stammt vom selben Wort ab wie mischen. Ich bin sehr wählerisch.»

«Bist du oft wählerisch?»

«Nicht besonders. Doch in dem Augenblick, wo ich dich gesehen habe, hatte ich meine Wahl schon getroffen. Wenn das, was geschehen ist, nicht so geschehen wäre, wäre etwas anderes geschehen. Das heißt, wenn du nicht verheiratet gewesen wärest. Bist du nicht, oder?»

«Ich lüge niemals. Ist mein Mangel an Phantasie.»

«Bist du gleich auf mich geflogen?»

«Schön warst du schon.»

«Aber du hast nicht geguckt und ‹lecker› gesagt.»

«Ich warte eher, bis man mich bittet.»

«Bittet man dich oft?»

«Ziemlich oft.»

«Sagst du immer ja?»

«Nun ja, ich habe eine Art religiöses Prinzip, jede Frau zu lieben, die das von mir will ... innerhalb bestimmter Grenzen.»

«Keine dicken Frauen.»

«Keine dicken Frauen ... na ja, so gut wie keine.»

«Sind das bloß gute Manieren?»

«Das Ergebnis einer depravierten Adoleszenz ... Würdest du von jetzt an Höschen tragen, wenn ich nicht dabei bin?»

«Ja. Und würdest du nicht jede Frau ficken, die dich darum bittet ... jede *beliebige* Frau, die dich darum bittet?»

«Ja. Zeit fürs Bett?»

«Ja, los.»

Das Bett war King-size.

«Der tut mir nicht weh, oder?»

«Ich kann ihn jederzeit rausziehen ... Wie ist es?»

«Gerade richtig.»

Am Morgen konnte ich den Wecker nicht sehen, der auf Cynthias Seite stand. Ihr Kopf lag an meiner Schulter, und ihr Arm war über meine Brust gelegt. Das Sonnenlicht zeigte mir, daß der Morgen schon ziemlich fortgeschritten war. An der Wand gegenüber hing ein kleines Juan-Gris-Gemälde mit einer Flasche, einer Zeitung und einer Mandoline. Ich dachte, wie zufrieden Gris gewesen sein mußte, wenn er immer wieder dieselben Dinge malte. Ich war im Begriff wieder einzuschlafen, als Cynthia die Augen öffnete. Ihr erstes Wort war das letzte Wort, das ich in der Nacht zuvor von ihr gehört hatte, «Ben.»

«Darling, ist der Gris da echt?»

Sie nickte, indem sie ihre Wange an meiner Schulter rieb.

«Und die Cassatt und der Schiele?» Nicken. «Dann bist du reich.»

«Ist das schlimm?»

«Es verunsichert mich.»

«Das ist gut. Mein Vater schenkte mir den Schiele, als ich sechzehn war, um mich vor den Männern zu warnen, und später die Cassatt, um mich für Mutterschaft zu gewinnen. Ich finde, der Schiele ist witzig, nicht abschreckend. Den Gris hat er mir geschenkt, einfach weil er mir gefiel.»

«Womit beschäftigt sich dein Vater?»

«Zumeist mit Frauen. Meine Mutter ist tot. Also, wie lautet der Schlachtplan, Coach?»

«Ich muß den Doktor anrufen.»

«Kann das nicht warten?»

«Ich bin ziemlich klebrig.»

«Ich auch», sagte sie. «Machen wir es ohne Hände.»

Das taten wir dann auch, und nach einer platonischen Dusche sagte sie: «Ruf den Doktor von hier aus an.»

«Es könnte klinisch werden.»

«Ich war während der ganzen Sache dabei.»

«Es machen und es benennen sind zweierlei Dinge.»

«Mach dir keine Sorgen. Leg dich neben mich.»

Ich wählte die Nummer und hielt den Hörer zwischen uns.

Schwester Penny antwortete. «Der Doktor wartet auf Sie. Ivo auch. Seit neun Uhr sind sie auf dem Sprung... Ben, darf ich lauschen?»

Ich schaute Cynthia an.

Sie formte mit dem Mund das Wort «klar».

«Klar», sagte ich.

«Ach, Sie sind wunderbar. Ich stell Sie durch.»

«Wir haben uns Sorgen gemacht», sagte Winkle.

«Ja, wirklich», setzte Ivo hinzu. «Aber andererseits nehm ich an, daß Sie mit Ihren... Experimenten befaßt waren. Von wo aus rufen Sie an, Ben?»

Ich antwortete nicht, und ich sagte weiterhin «Doktor», damit Ivo den Schluß zog, daß ich nicht direkt mit ihm sprechen wollte. Wenn er eine Frage stellte, antwortete ich nicht, und Winkle wiederholte sie. Sie interessierten sich sehr für die Linkswendung, die mein Penis vollzogen hatte. Es fiel mir schwer zu beschreiben, wie er später im Bett genau die richtige Größe hatte. Cynthia beruhigte mich mit einem Klaps auf die Brust, und ich erzählte ihnen alles, was ich darüber mitteilen konnte.

Als das Gespräch sich hinzog, hatte ich den Eindruck, Ivo ahnte, daß Cynthia mithörte, denn er sagte:»Ben, es wäre schön, wenn Sie Cynthia ermuntern würden, an der Testreihe teilzunehmen. Sie würde im selben Maße wie Sie an den Erträgen beteiligt. Sie könnte eine reiche Frau sein.»

«Sie *ist* eine reiche Frau», brüllte ich und machte Anstalten aufzulegen. Cynthia bremste mich. Winkle schaltete sich ein: «Es reicht, Ivo. Vielen Dank, Ben.» Sie legten beide auf. Penny, immer noch am Apparat, sagte: «Manche Mädchen haben das Glück gepachtet.»

Vollkommener Tag. Cynthia zog Leinenhosen und einen grauen Pullover an, ich ließ Krawatte und Jackett zu Hause, und wir gingen Hand in Hand in den Park. Wenn man glücklich ist, funkelt der Glimmer im Fußweg, nehmen die Bäume komische Formen an, sehen Passanten fröhlich aus. Wir kauften Hot dogs und setzten uns ins Gras, während wir anderen Liebespaaren zusahen. Sie legte ihren Kopf in meinen Schoß und sagte, der Himmel sei voller Ideen. Ich sagte, sie hätte die schönste Nase seit Nofretete. Sie sagte: «Laß uns ins Museum gehen.»

Es lag in der Nähe, und wir schlenderten in den Antikenflügel, den wir fast für uns allein hatten. Die Statuen machten unter den Oberlichtern einen gesunden Eindruck. Selbst die römischen Kopien, die neben den echten Griechen manchmal kalkig wirken, vermittelten einem das Gefühl, daß die Menschheit edel, hilfreich und gut sein könnte, ein Gedanke, der mir nicht oft kam.

Ich sagte etwas in diesem Sinne, und Cynthia fragte: «Wo sind all die Pimmel abgeblieben?» Der verwundete Krieger, der junge Athlet, Priapus selbst, sie hatten Hoden, aber keine Penisse. «Meinst du, die Christen haben sie abgeknickt?»

«Vielleicht haben die Damen sie mit nach Hause genommen, um sie sich unter das Kopfkissen zu stecken», sagte ich.

«Sie sind normalerweise so winzig. Wirken die antiken Statuen deshalb so nachdenklich?»

Ich führte sie zu den griechischen Vasen. Ein paar sehr große Penisse gab's da.

«Das sieht dir ähnlich», sagte Cynthia.

Charakterbilder

Ich brachte sie nach Hause, und sie erklärte mir, was es mit dem Abend auf sich hatte. Obwohl die Frau des Gouverneurs ihre eigene Zweitwohnung hatte, gehörte diese doch formell ihrem häufigen Begleiter, dem homosexuellen Designer Billy Zoon.

«Er wird heute abend dasein», sagte Cynthia. «Er erklärt mit Vorliebe, daß er und die Frau des Gouverneurs einfach gute Freunde seien. Nicht viele wissen von der Wohnung. Es ist eine Ehre für dich, dorthin eingeladen zu sein.»

«Warum wolltest du nicht hingehen?»

«Sie ist nicht so übel, aber sie ist etwas tückisch. Ihre Freunde nennen sie Puck.»

«Sie sagen es ihr ins Gesicht?»

«Sie ist stolz darauf. Wirst schon sehen.»

Ich ging nach Hause, um dem Glück zu entrinnen. Oder vielleicht, um es zu genießen, indem ich auf meinem Bett lag, an sie dachte, mich an sie erinnerte, mich auf sie freute.

Ich holte sie um acht Uhr ab. Nur einer schönen Frau läßt man eine violette Seidenbluse und hautenge Jeans durchgehen und Stiefel aus Schlangenleder. Ihr Schmuck waren Perlenohrringe, die ihre vollkommenen Ohren betonten.

«Himmel!» sagte ich, als ich sie sah.

«Ich weiß, es ist kriminell.»

Die Frau des Gouverneurs empfing uns an der Tür, umarmte Cynthia und hielt sie dann etwas von sich weg, um sie anzuschauen. Sie sagte zu mir: «Sie haben Glück, junger Mann.»

«Ja, Ma'am.»

«Nennen Sie mich doch Puck.»

Cynthia war erfreut. Eine weitere Ehre.

«Ich werde Ihnen die Wohnung zeigen.»

Es war ein kleines, modernes Apartment, ähnlich dem Cynthias, abgesehen vom Kamin und den bis zum Boden reichenden Fenstern, die das Eßzimmer zur Geltung brachten. Es stellte sich heraus, daß schon alle da waren.

«Mein lieber Freund Billy Zoon.» Der liebenswürdige, kleine, gepflegte Mann von etwa fünfundvierzig Jahren küßte Cynthia und drückte mir die Hand.

«Sandy Sanderson ...» Ich erkannte Namen und Gesicht des berühmten Verlegers, eines hochgewachsenen Mannes, der als reizbar galt.

«Norma Boncœur und Missy Chee.» Sie hielten Händchen. Norma Boncœur war eine stattliche Frau, die betont aufrecht stand. Missy Chee war eine zierliche junge Asiatin mit exquisiten Zügen und besonders auffallenden Augen. Cynthia kannte die beiden noch nicht. Norma musterte sie beifällig. Cynthia machte das nichts aus.

«Der Stellvertreter meines Mannes und seine herrliche Frau Dominica ...»

«Was für ein toller Haufen», flüsterte ich Cynthia zu.

«Und du gehörst dazu.»

Wir hielten uns nicht lange bei den Drinks auf. Einer

genügte, und dann gingen wir zum Essen hinein. Der Tisch war rund, so daß es weder Kopf- noch Fußende gab, doch wir saßen in bunter Reihe. Puck plazierte den Vizegouverneur zu ihrer Rechten und mich zu ihrer Linken. An meiner anderen Seite saß die exquisite Missy Chee. Cynthia sah uns beide an und hob ironisch warnend den Zeigefinger. Eine mütterliche Frau, die Puck Puck nannte, trug auf – das beste Roastbeef, das ich je gekostet hatte, mit Meerrettichsoße, Bratkartoffeln, in Butter geschwenkten grünen Bohnen und als Nachspeise Pumpkin Pie. Kaffee am Tisch. Sehr amerikanisch.

Nach dem Essen gingen wir ins Wohnzimmer. Es gelang mir, neben Cynthia zu sitzen.

«Wir werden ein Spiel spielen, das sich Charakterbilder nennt», sagte Puck. («Jetzt paß auf», flüsterte Cynthia.) «Billy und ich haben Alltagssituationen erfunden, die ihr darstellen sollt. Wie viele haben das schon gespielt?» Cynthia und Billy Zoon hielten die Hand hoch. «Billy, du machst das jetzt mit ... mal sehen ... Sandy.» Verleger Sandy Sanderson stand auf und wirkte erfreut darüber, daß er beim ersten Sketch dabeisein durfte. «Die Situation heißt ‹Anmache an der Haltestelle›. Jeder Charakter sucht sich sein Geschlecht aus.»

«Ich werde äußerst männlich sein», sagte Sandy.

«Toll!» sagte Billy. «Ich werde im Fummel sein, aber ich weiß noch nicht, ob als Mann in Frauenkleidern oder als Frau in Männerkleidern. Vielleicht fallen ja die Hüllen, und wir werden sehen.»

«In Ordnung, Action!» sagte Puck. «Hals- und Beinbruch!»

Billy: Hallo, großer Junge.

Sandy: Hallo, kleiner Mensch.

Billy: Ich nehme an, Sie haben denselben Weg wie ich.

Sandy: Ich gehe meinen eigenen Weg, kleiner Mensch.

Billy: Dann werde ich Ihren Weg gehen.

Sandy: Ich gehe meinen Weg allein, kleiner Mensch.

«Schnitt!» sagte Puck. «Das ist Abbott und Costello. Wir wollen emotionale Tiefe. Billy, du verstehst.» «Absolut.» «In Ordnung, Action! Nochmals Beinbruch!»

Billy: Würden Sie mich gerne ficken, großer Junge?

Sandy machte ein verdutztes Gesicht und wandte sich an Puck, um zu protestieren.

«Das war kein Spaß, Billy.»

«Ich meinte es ernst.»

Alle lachten, außer Sandy.

«*Das* war komisch. Sandy, wollen Sie ein Spielverderber sein?»

Er runzelte die Stirn und schüttelte den Kopf.

«In Ordnung, Action!»

Billy: Also was sollen wir tun, großer Junge?

Sandy schwieg. «Er wird Ihnen nicht weh tun», rief Norma Boncœur aus. Sandy preßte die Lippen zusammen.

Billy: Wie wär's mit Fingerhakeln? Mit Bockspringen. Fangenspielen. Hufeisenwerfen. Anagramme? Was sagen Sie, großer Junge?

Cynthia berührte Puck am Arm. «Schluß mit der Folter, Puck.»

«Schnitt! Es funkt nicht. In Ordnung, sollen wir noch einen Versuch machen oder einfach etwas trinken und über Politik reden?»

«Noch einen! Noch einen!»

Puck nickte mit dem Kopf in Richtung Vizegouverneur und seiner Frau Dominica. Sie waren Anfang Dreißig. Er hatte das solide, leutselige Gesicht eines Fernsehredakteurs im Studio. Sie sah wie eine junge, hübsche Lehrerin in einem guten College aus. Ein Paar auf dem Weg nach oben.

«Puck», sagte Dominica, «dürfen wir uns unseren eigenen Sketch aussuchen?

«Sie vertrauen mir nicht?»

«Richtig.»

Puck seufzte. «Also los.»

Das Paar besprach sich eine Minute lang, und dann kündigte Dominica an: «‹George W. kommt zu Laura Bush zurück ins Bett.›»

Sie nahmen ihre Plätze in der Mitte des Raums ein.

«O nein», sagte Puck, «ihr müßt auf dem Boden liegen.» «Um Himmels willen!» sagte der Vizegouverneur, doch sie machten es sich auf dem Teppich bequem, sie flach auf dem Rücken, er mit dem Gesicht zu ihr, den Kopf in die Hand gestützt.

«Action!»

Laura: Wie viele hast du gemacht?

George W.: Wie viele was?

Laura: Liegestütze.

George W.: Hundertzwanzig.

Laura: Welche für mich übrig?

George W.: Laß mich ein bißchen ausruhen… Laura, glaubst du, daß meine Statur sich auf unsere Beziehung auswirkt?

Laura: Du meinst, weil du mittelkurz bist?

George W.: Nein, ich meine meine Statur, meine Position. Ich glaube, daß sich Clintons Statur auf seine Ehe ausgewirkt hat.

Laura: Weil er groß ist?

George W.: Nein, nein, der Job, der Job.

Laura: Du solltest dir deine Ärmel kürzen lassen, George. Dein Jackett läßt dich manchmal zu klein für den Job aussehen. Wie Putin. Und du siehst besorgt aus. Clinton hat niemals besorgt ausgesehen. Außer wenn er wegen Monica gelogen hat.

George W.: Besorgt! Ich sollte besorgt sein. Es ist eine große Verantwortung.

Laura: Vati denkt, du wärst dumm wie Bohnenstroh.

George W.: Warum hat er dann mir den Job gegeben und nicht meinem Bruder Jeb?

Laura: Weil er denkt, du wärst dumm wie Bohnenstroh.

George W.: Meine Zustimmungsrate liegt bei über achtzig Prozent, genau wie seine nach Desert Storm.

Laura: Aber er hat seinen Krieg gemacht. Deiner wurde dir übergeben.

George W.: Was soll das heißen, mir übergeben? Ich hätte es als Verbrechen deklarieren können. Ich habe es als Krieg deklariert. Etwas Anerkennung verdiene ich schon.

Laura: Ja, Lieber. Bist du ausgeruht?

George W.: Ach, ich glaube schon.

Das versetzte uns in gute Stimmung, sogar Sanderson, einen Republikaner. Cynthia fragte Puck, welches der Sketch war, der nicht gespielt wurde. «Nicht weit weg davon. ‹Hill und Bill am Morgen.› Ich dachte, wir könnten etwas über Dominicas Eheleben erfahren. Haben wir vielleicht sogar.»

Dann sagte sie an alle gewandt: «Einen noch. Okay, Ben? Und, mal sehen ... Missy Chee. Okay, Missy?» Norma flüsterte Missy etwas zu, und Missy sagte: «Oh, ja.»

«Gut! ‹Arzt und Patient.› Ben, Sie machen den Arzt.»

«Paß auf», sagte Cynthia.

Norma flüsterte weiter mit Missy, und diese nickte, hörte zu, nickte.

«Norma, du soufflierst», sagte Puck.

Norma blickte auf und gab Missy einen kleinen Stups.

Puck stellte zwei Stühle einander dicht gegenüber. Missy und ich nahmen Platz.

Arzt: Na, was haben wir denn, junge Dame?

Patientin: Krank.

Arzt: Wie sind denn die Symptome?

Patientin: Sehr krank.

Arzt: Sie sehen nicht krank aus.

Patientin: Oh, ja.

Arzt: Inwiefern sind Sie krank?

Patientin: Schmerz.

Arzt: Verstehe. Wo tut es weh?

Patientin (blickt hinab): Scham.

Arzt: Sie schämen sich, mir zu sagen, wo es weh tut?

Patientin: Oh, ja.

Arzt: Ich fürchte, das müssen Sie schon, wenn ich Ihnen helfen soll.

Patientin: Scham.

Arzt: Zeigen Sie, wo es weh tut.

Patientin (zeigt auf ihre Brust): Scham.

Arzt: Da gibt es nichts, wofür man sich schämen müßte. Ich bin Arzt. Welche Art von Schmerz?

Patientin: Oh, schlimm. Sie fühlen.

Sie nahm meine Hand und legte sie auf ihre Brust. Es war eine wunderschöne Brust, durch die Seidenbluse so weich wie ein Marshmallow, außer der Brustwarze.

Patientin: Sie fühlen Schmerz?

Arzt: Nein, ich fühle den Schmerz nicht, falls Sie das meinen.

Patientin: Oh, besser.

Arzt: Der Schmerz ist weg?

Patientin: Oh, ja.

Sie legte ihre Hände über meine Hand, um sie dort zu halten. Mein Penis schwoll an und wuchs rasch pulsierend. Er ging mir fast bis zum Knie. Das Blut stieg mir ebenfalls zu Kopf. Ich spürte wie es brannte. Norma sah mit hinterhältigem Lächeln zu. Ich zog meine Hand zurück und sagte: «Nehmen Sie zwei Aspirin und rufen Sie mich morgen abend an.» Es gelang mir, mich zusammenzukrümmen und mich neben Cynthia hinzuhocken. Applaus.

«Nervös?» fragte Norma, und alles lachte. Missy sah verlassen aus und kehrte langsam zu Norma zurück.

«Du kannst auch schauspielern», sagte Cynthia.

«Mein Ding fing an, sich zu bewegen.»

«Ich hab gesehen, daß etwas vor sich ging. Schande, es ungenutzt zu lassen.»

«Die Quelle ist nicht versiegt.»

«Hoffen wir es.»

«Gleich habe ich mich wieder im Griff.»

«Am Broadway brauchen sie uns nicht», sagte Puck, «aber wir brauchen einen Drink.» Sie stellte sich hinter eine kleine Bar, und als ich schließlich aufstehen konnte und Drinks holte, sah sie, daß meine Hand zitterte. «Sie ist Ihnen in die Knochen gefahren, nicht wahr?» Das also war ihre Tücke.

Wir sprachen über Politik, und als die Gesellschaft sich auflöste, fragte Norma, ob wir Missy zu Hause absetzen könnten, sie wolle noch bleiben und mit Puck plaudern. «Missy mag Sie», fügte sie hinzu. Ich muß erfreut ausgesehen haben. Cynthia kniff mich.

Missy saß im Taxi zwischen uns und küßte uns beiden irgendwann auf das Ohr und sagte, wir seien schön. «Ja», sagte Cynthia, «und deshalb müssen wir achtgeben.» «Oh, ja», sagte Missy. Als wir bei ihrer Wohnung waren, bat sie uns, mit hinaufzukommen. Wir lehnten ab, und nachdem sie ausgestiegen war, sagte Cynthia: «Sie wollte uns schöne Menschen ins Bett kriegen.»

«Du machst Witze.»

«Nein. Bereit für Norma, wenn sie nach Hause kommt.»

«Wie kommst du darauf?»

«Als sie neben mir saß, wurde sie ziemlich intim.»

«Warum hast du heute abend nicht etwas mit Norma aufgeführt?»

«Ich habe Puck gebeten, mich zu verschonen. Ich sah es nämlich schon kommen, ‹Zwei Ladys unter der Dusche›, so was in der Art.»

In Cynthias Wohnung hatten wir uns nicht viel zu sagen. War uns der Gesprächsstoff ausgegangen? War etwas zwischen uns vorgefallen? Als wir dann aber im Bett waren, wußte ich, daß alles in Ordnung war. Cynthia preßte sich an meinen Rücken, legte den Arm um mich, sagte meinen Namen und schlief ein.

Ich blieb wach und ging die Einzelheiten des Abends nochmals durch, der voller Signale und gegenläufiger Strömungen gewesen war. Bilder von Missy Chee im Bett mit Cynthia und mir fügten sich zu einer bewegenden Phantasie. Ich versetzte die Szene von dem Schauplatz, der Normas Wohnung war, in Cynthias, doch Norma mischte sich ein, erst als Zuschauerin und dann als unerwünschte Teilnehmerin. Der Kampf ging weiter, bis ich wohl einschlief.

Am Sonntag morgen schimmerten die Wände und die Decke von Cynthias Schlafzimmer im Sonnenlicht. Wir lagen unter einem himmelblauen Laken, die Köpfe auf meeresgrünen Kissen.

«Ich kann uns das Frühstück ans Bett bringen», sagte sie.

«Geh nicht fort.» Ich küßte sie auf den Handrücken und sagte: «Du duftest.»

«Ich weiß.»

«Ich meine, du riechst irgendwie süß.»

«Ich weiß. Das ist so, wenn man Erdbeeren ißt. Das italienische Wort für Erdbeeren kommt von dem lateinischen Wort für ‹duftend›.»

Ich bemerkte zwei weitere natürliche Vorzüge, die auch ohne Lippenstift tiefroten Lippen und ihre offenen schwarzen Locken, die so lebendig waren wie am Abend, als wir zu Bett gingen. Auch ihre Stimme mußte sich nicht erst an den neuen Tag gewöhnen.

«Weißt du, für Frauen ist am Sex besonders nett, daß sie dabei ungehörig sein können. Das ganze Leben erzählt man

Bitte
freimachen

Postkarte

Verlag C.H.Beck
Literatur • Sachbuch • Wissenschaft
Vertrieb / Werbung

**Postfach 40 03 40
80703 München**

Liebe Leserin, lieber Leser,

gerne informieren wir Sie regelmäßig über unser Verlagsprogramm.
Schicken Sie einfach diese Karte ausgefüllt an uns zurück!

Ihr Verlag C.H.Beck

P.S: Wenn Sie Zeit und Lust haben, beantworten Sie doch die Fragen auf der Rückseite dieser Karte!
Sie helfen uns damit, unsere Arbeit noch besser auf unsere Leserinnen und Leser abzustimmen.

Als kleines Dankeschön verlosen wir unter den Einsendern monatlich 10 interessante Titel aus unserer beck'schen reihe!

Vorname / Name

Straße, Hausnummer

PLZ / Wohnort
3-406-37813-7

Diese Karte entnahm ich dem Buch

Haben Sie dieses Buch
☐ gekauft ☐ geschenkt bekommen?

Was war für Ihre Kaufentscheidung ausschlaggebend? (Mehrfachnennung möglich)

☐ Beratung in der Buchhandlung
☐ Präsentation des Titels in der Buchhandlung
☐ Prospekte / Verzeichnisse
☐ Rezensionen / Bücherlisten
☐ Empfehlungen durch Freunde und Bekannte
☐ Umschlag / Ausstattung
☐ Themen
☐ Werbung / Anzeigen
☐ Internet

Ihre Altersgruppe?
☐ bis 30 Jahre
☐ 46 – 60 Jahre
☐ 30 – 45 Jahre
☐ über 60 Jahre

Welche Zeitungen / Zeitschriften lesen Sie regelmäßig?

☐ SZ
☐ FAZ
☐ DIE ZEIT
☐ NZZ
☐ Der Spiegel
☐ Focus
☐ Stern

☐ Die Welt
☐ taz
☐ Tagesspiegel
☐ Die Woche
☐ Berliner Zeitung
☐ Brigitte
☐ örtliche Zeitungen

Welche Themen unseres Programms interessieren Sie?

☐ Alte Geschichte
☐ Mittelalter
☐ Neuere Geschichte
☐ Zeitgeschichte / Politik
☐ Theologie / Philosophie
☐ Gesundheit / Medizin

☐ Literatur
☐ Literaturgeschichte
☐ Islam
☐ Judaica
☐ Kunst / Kunstgeschichte
☐ Naturwissenschaften

uns, daß wir die Knie zusammenhalten sollen. Beim Sex können wir die Flügel ausbreiten.»

«Ich habe eine Frage», sagte ich, «was ist der Unterschied zwischen Sex und Liebe?»

Sie versuchte, meine Zehen mit ihren Zehen zu packen. «Wenn es Sex ist, schert es dich nicht, was der andere denkt. Bei der Liebe ist das anders. Du möchtest im Inneren des anderen sein. Was denkst du gerade, beispielsweise?»

«Ich dachte, daß das Biest in ‹Die Schöne und das Biest› häßlich schöner ist, als wenn es sich in einen gutaussehenden jungen Mann verwandelt. Ich weiß nicht, was das mit irgendwas zu tun hat.»

«Ich schon.» Sie zog das Laken zurück. «Du hast an *ihn* gedacht. Glatt und zivilisiert wie deine Schulter wäre *er* weniger attraktiv... Hör mal, weißt du, was ich jetzt schön fände? Nein, du irrst dich. Ich fände es schön, wenn er rüberkäme und einfach reinginge und dann ganz ruhig dabliebe. Kann er das?»

«Mal sehen. Tu etwas wie im Restaurant, als du die Katze gerufen hast.»

«Ich werde ein Zauberwort sagen. Feucht.»

«Sag es noch mal.»

«*Feucht!*»

Er hatte schlaff dagelegen. Jetzt kribbelte er, dann schwoll er an und bewegte sich zu ihr hinüber. Wir hatten ihn eigentlich noch nie richtig beobachtet.

«Er ist wie ein Tier», sagte sie, als er gegen ihr Bein drückte. «Ich bin froh, daß er keine Zähne hat.» Sie breitete die Flügel aus, und er tat, was sie wollte, drang ein und ruhte.

«So, großer Junge, was hast *du* denn zu Sex und Liebe zu sagen!»

«Nun, kleiner Mensch, ich denke, Sex ist eine Sache zwischen Mann und Frau, und Liebe ist eine Sache von Mensch zu Mensch.»

«Klingt nach Freundschaft.»

«Nein. Freunde beschützen einander, wenn sie in Gefahr sind, Liebende beschützen einander die ganze Zeit. Liebende sind wie Eltern füreinander.»

«Ich glaube, du liebst mich, Ben.»

«Aber ja, aber ja.»

Ich hatte Angst, mein Penis, der ausruhte, aber nicht entspannt war, könnte auf dumme Gedanken kommen, und ich wollte gerade vorschlagen, sie solle etwas Kontraproduktives sagen, wie etwa *trocken,* da klingelte das Telefon.

Cynthia nahm ab und legte den Hörer zwischen uns.

«Wie sind Sie an meine Nummer gekommen, Dr. Winkle?»

«Sie war auf dem Display, als Ben gestern mit mir telefoniert hat. Entschuldigen Sie, daß ich Ihnen am Sonntag nachstelle, ich wollte nur hallo sagen und mich vorstellen. Ich dachte, das sollte ich, da Sie in gewissem Sinne bereits Teil von Venus sind. Ich möchte Ihnen auch sagen, wie wichtig Sie unserer Meinung nach sind. Wir meinen, Sie und Ben sind eine einmalige Gelegenheit. Die Möglichkeiten, die Sie beide als Paar bieten, sind schwindelerregend.»

«Es ist schon einige Zeit her, daß etwas bei mir Schwindel erregt hat, Doktor.»

«Genau. Und deshalb möchten wir, daß Sie von einer Teilnahme qua Partnerschaft aufsteigen zu einer Teilnahme qua...»

«... Teilhabe?»

«Genau.»

«Nein!» brüllte ich und legte auf.

«Er ist weg», sagte sie.

Ich war so aufgebracht, daß er zum heimatlichen Stützpunkt zurückgekehrt war.

«Hast du in Betracht gezogen», sagte Cynthia, «daß ich Venus vielleicht beitreten *will*?»

«Cynthia, das wäre nicht gut. Was wir tun, du und ich, das ist nicht wissenschaftlich. Ich erzähle denen nicht, was wir sagen oder fühlen, und die würden dich danach fragen. Das würde alles verändern. Die könnten wollen, daß wir... mit anderen zusammen sind. Winkle macht mir nicht so viel aus, sondern das Ekel mit der verschrumpelten Hand.»

«Weißt du, ich habe Eifersucht nie verstanden. Wenn ich dich liebe und du in einen Vergnügungspark gehst und dich amüsierst, freue ich mich. Ich freue mich, weil ich dich liebe. Aber wenn du mit jemandem ins Bett gehst, soll ich mich aufregen, obwohl du dich amüsiert hast.»

«Du regst mich auf, Cynthia. Der Grund ist ganz einfach. Wenn du mit jemandem ins Bett gehen würdest, könnte ich dich verlieren.»

«Angenommen, ich würde dich überzeugen, daß das nicht der Fall ist.»

«Es würde mir nicht gefallen. Es würde mir ganz und gar nicht gefallen. Willst du damit sagen, daß es dir nichts ausmacht, wenn ich mit jemand anderem ins Bett ginge?»

«Ich würde ihn abschneiden.»

«Er würde nachwachsen.»

«Ich würde ihn mit Stumpf und Stiel ausreißen. Hör gut zu, ich sage gleich wieder ein Zauberwort. Und diesmal geht es hart auf hart.»

«Schieß los!»

«Flickwerk.»

«Flickwerk?»

«*Flickwerk*!»

Es funktionierte. Jedes Wort hätte funktioniert.

Nachforschung und Einladung

Ich kam Montag morgen um acht Uhr in mein Büro. Wie ich vermutet hatte, wartete ein neuer Haufen Arbeit auf mich. Um neun Uhr reichte mir die Empfangssekretärin eine Visitenkarte. «John Fott, Food and Drug Administration, Sonderabteilung.»

«Oh-oh! Wie sieht er denn aus?»

«Kurze Haare, langes Kinn, ernst.»

«Genau mein Typ.»

«Ben, bei den Bundesbehörden haben die Leute keine Visitenkarten. Die wedeln eher mit dem Personalausweis. Mit dem stimmt was nicht.»

Fott war groß und breitschultrig und sah mir in die Augen. Seine riesigen Korduanlederschuhe glänzten wie beim Militär. Seine Stimme war allerdings reichlich hoch dafür, daß er so groß war. «Ich hoffe, ich muß nicht allzuviel von Ihrer Zeit in Anspruch nehmen, Sir. Ich sehe, daß Sie ein vielbeschäftigter Mann sind, wie ich selbst. John Fott, Food and Drug Administration.»

Ich sah auf die Karte, als wollte ich überprüfen, was er sagte, und bat ihn, Platz zu nehmen.

«Wir von der FDA, Sir, haben, wie Sie zweifellos wissen, den Auftrag, die Öffentlichkeit vor schädlichen Nahrungsmitteln und gefährlichen Medikamenten zu schützen. In unserer Gesellschaft gibt es zahlreiche korrupte und gewissenlose Leute, die den Amerikanern mit ihren minderwertigen Produkten und ihrem skrupellosen Gebaren schwer zusetzen. Meine Aufgabe besteht darin, diese aufzuspüren und zu stoppen. Deshalb bin ich heute morgen hier, Sir. Ich glaube, Sie können uns helfen. Sie sind Patient von Dr. George Winkle, nicht wahr?»

Ich beschloß, so wenig wie möglich zu sagen, und nickte.

«Sie sind seit sechs Jahren bei ihm in Behandlung, ist das richtig?»

Ich schloß halb die Augen und formte mit den Lippen die Zahlen, als müßte ich nachrechnen.

«Wir glauben, Sir, daß Dr. Winkle möglicherweise damit beschäftigt ist, ein Medikament ohne Genehmigung der FDA zu testen, und daß er dafür einige seiner Patienten herangezogen hat. Die FDA betreibt keine Strafverfolgung. Wir sind lediglich eine wissenschaftliche Regulierungsbehörde. In dieser Eigenschaft bin ich hierhergekommen, um Sie zu fragen, ob Sie persönlich etwas von einer solchen Testreihe wissen?»

Ich stützte das Kinn auf meinen Daumen und legte den Zeigefinger an die Nase, um zu signalisieren, daß ich nachdachte.

«Von einer solchen Testreihe wissen», wiederholte er.

Ich runzelte die Stirn.

«Die Beihilfe zu einer solchen Testreihe ist eine ernste Angelegenheit. Ich muß Sie ganz direkt fragen, Sir, sind Sie an Dr. Winkles Testreihe beteiligt?»

Ich schürzte die Lippen.

«Denn wenn Sie das sind, Sir, und jemand eine dementsprechende Aussage macht, nicht bei uns – wir sind eine Regulierungsbehörde –, sondern vor einer Strafverfolgungsbehörde, dann werden Sie vorgeladen und müssen unter Eid aussagen. Das könnte eine Strafe nach sich ziehen, und sei es nur eine Geldstrafe. Können Sie mir folgen, Sir?»

Ich nickte stoisch.

«Sie sind vollkommen im Recht, wenn Sie schweigen.»

Ich stand auf und hielt ihm die Hand hin.

Er verstand nicht sofort, daß ich beschlossen hatte, meine Rechte zu wahren und zu schweigen. Schließlich ergriff er meine Hand und sagte: «Sei's drum. Danke, Sir.»

Nach einer Minute war die Empfangssekretärin wieder da. «Das hat ja nicht lange gedauert. Er hat mich gefragt, ob es Ihnen gutgeht. Geht es Ihnen gut?»

Ich nickte.

Ich rief Winkle an. Schwester Peggy sagte, er würde erst im Laufe des Nachmittags wieder zurück sein.

«Darf ich Sie zum Mittagessen einladen?»

«Sie dürfen mich überall hin einladen.»

Ich nannte ein Steakhaus in der Nähe ihrer Praxis. «Und ich muß Sie um einen Gefallen bitten. Würden Sie die Namen und Adressen der anderen beiden Teilnehmer der Sexsache mitbringen?»

«Ich dachte einen Moment lang, Sie würden mich um einen ganz *speziellen* Gefallen bitten.»

Als ich mir um ein Uhr das Jackett anzog, rief Cynthia an. «Norma Boncœur will uns zum Abendessen einladen. Sie hat eine phantastische Wohnung, und ich bin sicher, daß du dich an Missy Chee erinnerst. Ich habe zugesagt. War das richtig?»

«Absolut.» Mein Penis kribbelte beim Klang von Missys Namen – aber nur eine Sekunde lang.

Als Penny beim Mittagessen ihr Steak anschnitt, fühlte sie sich bemüßigt zu sagen: «Ich nehme an, Sie wissen, daß Sie zum Reinbeißen sind.»

«Das sagt mein Schlachter auch immer, aber seien Sie vorsichtig.»

«Immer noch erregbar?»

«Irgendwie schon.»

«Wenn ich weiterbohren würde, könnten Sie gar nicht an sich halten.»

Ich wurde rot. Sie seufzte.

«Hier sind die Namen, Telefonnummern, Adressen. Einer der beiden, Felix Murphy, der ältere, klang hysterisch, als er das letzte Mal anrief. Ich konnte nicht am Telefon bleiben, weil die Tür von Herrn Doktor offen war. Wofür brauchen Sie die?»

Ich erzählte ihr von John Fotts Besuch.

«John Fott! John Fott!» sagte sie. «Ich werde Ihnen sagen, was passiert ist. Freitag kam ich früh in die Praxis. Ivo war drin beim Doc. Die Tür stand offen. Sie wußten nicht, daß ich schon da war. Ivo sagte, sie müßten um jeden Preis sicherstellen, daß niemand von den Testpersonen redet. Er würde einen Mann herumschicken, um allen angst zu machen. Ivo fragte den Doc, was *ich* wüßte. ‹Nichts›, sagte er, ‹sie ist nicht allzu helle.› ‹Trotzdem›, sagte Ivo. Finden Sie, daß ich nicht allzu helle bin, Ben?»

«Sie kommen mir im allgemeinen ganz schön helle vor.»

«Das denke ich doch auch. *John Fott* rief mich also gestern zu Hause an und fragte, ob der Doc an irgendeinem speziellen Test arbeite.»

«Was haben Sie gesagt?»

«Nichts. Er sagte, wenn ich etwas wisse, könnte ich Schwierigkeiten bekommen. Kann das sein?»

«Ich werde mich mit diesen beiden anderen treffen. Irgendwas stimmt hier nicht.»

«Sagen Sie bitte nicht, wo Sie die Namen herhaben. Ich würde meinen Job verlieren. Macht dieses Medikament Spaß? Es hört sich so an.»

«Ja, es macht Spaß.»

Sie schnitt ein Stück vom Steak ab und sagte: «Ich hab nie Spaß.»

Am Nachmittag rief ich Cynthia an, um ihr zu sagen, daß ich arbeiten müßte und sie später bei Norma Boncœur treffen würde.

Um neun Uhr kam ich hin. Die Eingangshalle war de Luxe, Marmorfußboden, Kirschholzwände.

Cynthia kam mit einem Drink an die Tür und führte mich an der Hand ins Wohnzimmer. «Immer denke ich an jene, die wahrhaft zu spät sind», sagte sie. Missy Chee saß auf Normas Schoß, den Arm um Normas Hals. Missy trug eine Toreadorhose und Weste aus schwarzrotem Brokat.

Norma sah anziehender aus, als sie bei Puck oder in meiner Phantasie gewesen war – frische Farbe, die blauen Augen hell und lebhaft. «Ben, nehmen Sie Platz. Cynthia, hol doch diesem hart arbeitenden Jungen einen Drink. Wir sprachen über Schöße, Ben, und daß sie außer Mode gekommen sind. Liegt es an der Form moderner Möbel oder an der Form moderner Schöße?»

Cynthia reichte mir einen Drink und setzte sich auf meinen Schoß. «Dieser Schoß ist wie für meinen Po geschaffen.»

«Und dieser Po», sagte Norma, wobei sie Missy einen Klaps gab, «ist wie geschaffen für meinen Schoß.»

Missy kicherte. Die drei waren ein wenig angeheitert.

Norma sagte: «Ich muß euch etwas Wichtiges gestehen.»

«Erst muß ich mir einen Drink holen», sagte Cynthia. «Keiner bewegt sich. Du», sagte sie zu mir, «steh nicht auf, hüte deinen Schoß. Norma, warte mit deinem Geständnis.»

Als sie wiederkam, sagte Norma: «Dieses Geschöpf meines Herzens denkt, ich sei der Boß, weil ich das Geld habe, dabei ist sie der Boß, denn sie hat die ... Was hast du, Missy? Die ...»

«Muschi», sagte Missy. Sie wußte nicht, was es bedeutete.

«Norma», sagte Cynthia, «du hast auch eine Muschi.»

«Ich habe *eine* Muschi, sie hat *die* Muschi. Okay, ein Geständnis. Auf der ganzen Welt beschwört die Architektur den Phallus. In jeder Kultur baut man phallische Gebäude.

In keiner baut man was Klitorales. Klitoris, Zentralorgan der Zivilisation!» Sie drückte Missy. Missy ließ Luft ab.

«Mach Musik!» sagte Norma und stellte Missy auf den Boden.

Missy schaltete den Plattenspieler ein. Lee Wiley sang «Keeping out of Mischief Now». Norma zog Cynthia hoch. Missy zog mich hoch. Unter ihrer offenen Weste trug sie nichts als ihre vollkommenen kleinen Brüste.

Really am in love and how!

Missy schien immateriell zu sein, als hätte man nur Federn in der Hand.

All the world can plainly see
You're the only one for me.

Ich löste mich von Missy und tippte Norma auf die Schulter. Norma hatte nichts dagegen. Cynthia wirkte ebenfalls leicht, aber körperlich. Wir waren zwei neue Paare, die tanzten.

«Was macht dein Ding bei all der Action?»

«Liegt flach.»

«Selbst in der Nähe von Missy Chee?»

«Mach ihn nicht wach, Darling.»

Sie küßte mich aufs Kinn und kniff mich in die Hüfte.

Livin' up to ev'ry vow.
Keepin' out of mischief now.

Lee Wiley sang «Can't Get Out of This Mood», «My Melancholy Baby», «Who Can I Turn to?» Norma tippte mir auf die Schulter und schnappte sich Cynthia wieder.

Where can I go?
How can I face it alone?

Missy nahm die Haltung eines Toreros ein und stampfte mit dem Fuß auf. Ich bückte mich, legte zwei Finger wie Hörner an den Kopf. Sie hielt mir das imaginäre Cape hin. Ich griff an, sie schlüpfte beiseite. Ich drehte mich um und griff wieder an. Wieder schlüpfte sie beiseite. Wir sahen uns an, ich die Hörner gesenkt, sie das Schwert erhoben. Ich machte einen Schritt vorwärts. Mit dem Finger durchbohrte sie meinen Schädel am Haaransatz. Ich sackte auf ein Knie und fiel dann auf die Seite.

After the moments we've known ...

Nach weiteren Drinks führte uns Norma in ihr Schlafzimmer und zeigte uns ein großes Gemälde von Missy, gemalt von der Hand des unlängst verstorbenen Balthus. Anscheinend hatte sie Missy in das Städtchen in Südfrankreich nahe dem Chateau von Balthus gebracht und dafür gesorgt, daß sie zum Tee eingeladen wurde. Sie nahm Missy mit, denn sie wußte, daß Balthus sie würde malen wollen. Sie blieben einen Monat lang im Chateau, und als das Gemälde fertig war, kaufte Norma es.

Missy lag mit geschlossenen Augen nackt auf einem roten Teppich, die eine, dem Betrachter fernere Hand auf dem Bauch, die andere geöffnet, mit der Handfläche nach oben, entspannt. Ein großer Hund mit silbrigem Fell und schwarzer Schnauze starrte den Betrachter grimmig an. Balthus hatte ihnen erzählt, es sei ein Mastiff, ursprünglich in Asien als Wachhund gezüchtet, doch hier im Begriff, das Mädchen zu fressen. «Ich glaube, das sollte ein Witz sein», sagte Norma.

Um Mitternacht sagten wir, wir müßten nun gehen. Sie

brachten uns an die Tür, Norma hatte den Arm um Missys Hüfte gelegt. Sie küßten uns beide. Missy zog meinen Kopf zu sich herunter und küßte die Stelle, wo sie mich getötet hatte.

Wir waren ganz in der Nähe und konnten zu Fuß zu Cynthias Wohnung gehen. Die Straßen waren verlassen, die Nachtluft angenehm feucht. Wenn wir an den hell erleuchteten Eingangshallen vorbeikamen, musterten uns gelangweilte Doormen. Ein alter Doorman sagte: «Gute Nacht.» Ein Taxi hielt an, wir winkten es weiter. Plötzlich tauchte die Frau mit der dunklen Brille aus dem Club hinter uns auf, oder *eine* Frau mit dunkler Brille, sie berührte mich an der Schulter und sagte: «Freuet euch!» Dann drehte sie sich um und ging rasch davon.

«Was war denn das?» fragte Cynthia.

«Es klang wie ein Befehl.»

«Beängstigend.»

Im Bett wies ich sie darauf hin, daß Missys Porträt kein Schamhaar aufwies.

«Balthus mochte kein Schamhaar. Wie Humbert Humbert. Norma hat sie mir angeboten.»

«Das Gemälde?»

«Die Person.»

«Was hat sie wörtlich gesagt?»

«‹Du kannst sie haben, wenn du sie willst.›»

«Und willst du?»

«Nein.»

«Was hast du gesagt?»

« ‹Danke.› »

«Das ist alles?»

«Das ist alles. Komm her, du Heterofreak.»

Nebenwirkungen

Als ich am nächsten Morgen halbwegs erwachte, lag Cynthia auf mir, und ich war in ihr. Sie bewegte sich in Wellen, die von den Schultern zu den Hüften zu den Beinen und wieder zurück liefen, wie ein horizontaler Bauchtanz. Der Tanz wurde schneller, und sie preßte sich zuckend an mich.

Nachdem sie wieder zu Atem gekommen war, sagte sie, sie habe, als sie neben mir aufgewacht sei, ein Experiment gemacht. Sie habe flüsternd «Amazing Grace» gesungen. Bei den Worten «How sweet the sound» habe er sich bewegt, und als sie bei «And grace will lead me home» angekommen sei, sei er in sie eingedrungen. Dann habe sie wie zu ihrem Hund flüsternd «Platz!» gesagt und sich auf mich gelegt. Dann sei ich aufgewacht.

«Wußtest du, was da ablief?»

«Ich habe geträumt, daß meine Mutter mich aus dem Gitterbett hob und an ihre Brust drückte.»

Wir lagen im Bett, mein Arm war unter ihr, und ich erzählte ihr von John Fott und Penny. «Ich werde die anderen beiden Spieler heute morgen treffen.»

«Sei vorsichtig, großer Junge.»

Ich ging als erstes zum Büro des zweiundvierzigjährigen Anwalts Philip Spore. Seine Kanzlei befand sich hoch oben in einem Gebäude im Stadtzentrum. Ich nannte der Empfangssekretärin meinen Namen und bat sie, ihm auszurichten, daß ich ein Mitpatient von Dr. Winkle sei und gern ein paar Minuten von Mr. Spores Zeit in Anspruch nehmen würde. Er kam heraus, ein großer Mann in einem Zweireiher. Er hatte respekteinflößende Augen, die einen taxierten, und sein Teint war rosig. Er kam mir vor wie ein Mann, dem man eher Vertrauen als Zuneigung schenkte. Wir standen da. Er wollte mir nicht die Hand geben und mich auch nicht in sein Büro bitten. Außerhalb der Hörweite der Empfangssekretärin fragte er mich, was ich wollte.

Ich erklärte ihm, daß auch ich ein Venus-Spieler sei und daß es vielleicht für uns von Vorteil sei, unsere Erfahrungen auszutauschen.

«Darf ich Ihnen etwas sagen? Ich weiß nicht, wer Sie sind oder worauf Sie aus sind. Ich spreche nicht mit Fremden, außer um ihnen den Weg zu weisen. Ich spreche, wie Sie das ausgedrückt haben, über meine ‹Erfahrungen› nur mit meinen Freunden, und selbst dann nur über das Wetter, die Filme der letzten Zeit und die Leitartikel im Wall Street Journal. Was bringt Sie auf die Idee, daß ich mit Ihnen über meine Gesundheit sprechen würde?»

«Es handelt sich nicht um eine Frage der Gesundheit, Mr. Spore, wie Sie genau wissen. Es ist eine Testreihe zu einem Medikament, das uns beide zu Millionären und eine Menge anderer Leute sehr glücklich machen könnte.»

«Darf ich es noch einmal sagen, ich weiß nicht, wer Sie sind, und ich will nicht mit Ihnen reden.»

«Sie haben Besuch von John Fott gehabt, nicht wahr? Er hat Ihnen Angst eingejagt, nicht wahr? Nun, dann darf ich Ihnen mal sagen, daß ich gute Gründe habe zu glauben, daß er für Ivo arbeitet.»

Er hatte sich eigentlich abwenden wollen. Jetzt starrte er mich fünf Sekunden lang an, und *dann* wandte er sich ab und kehrte in sein Büro zurück.

Ich ging zu meinem Wagen und fuhr zu ihm nach Hause, aus der Stadt hinaus. Es war ein großes Haus, wie es sich für einen zweireihigen Anwalt schickte. Mrs. Spore war eine schüchterne Frau, kein Make-up. Ich stellte mich vor und sagte, ich wolle mit ihr über den Arzt ihres Mannes sprechen. Sie holte Luft. Ich versicherte ihr, daß nicht unbedingt etwas faul sein müsse, daß es aus bestimmten Gründen aber eine ernsthafte Angelegenheit sei. Ob ich nicht hereinkommen und ein paar Fragen stellen könne? Sie dachte darüber nach und sagte schließlich, in Ordnung, wobei sie mich noch vorwarnte, daß im oberen Stockwerk gerade ein Klempner sei, der das Bad repariere. Wir gingen ins Wohnzimmer, und sie bot mir Kaffee an.

Während wir es uns bequem machten, erklärte ich, daß der Arzt ihres Mannes auch mein Arzt sei.

«Dr. Winkle», sagte sie.

«Deshalb bin ich hier. Ich bin nicht bloß neugierig. Ich will bestimmte Dinge über Mr. Spore wissen, weil das für uns beide nützlich sein könnte.»

Sie nickte.

«Also seien Sie bitte nicht empört über folgende Frage: Hat sich das Verhalten Ihres Mannes in letzter Zeit geändert?»

Sie blickte zur Seite und wollte etwas sagen, konnte es aber nicht.

«Es hat sich verändert, nicht wahr? Vielleicht würde es Ihnen guttun, darüber zu sprechen.»

«Ich habe schon darüber gesprochen. Mit meiner Ärztin. Sie sagt, mein Mann mache eine Midlife-crisis durch.»

«Ich weiß, was Sie meinen.»

«Sie sind zu jung für eine Midlife-crisis.»

«Ich meine, ich glaube zu wissen, inwiefern Mr. Spore sich verändert hat. Seine sexuelle Aktivität hat zugenommen. Das ist es doch, oder?»

«Zwanzigfach! Hundertfach!» brach es aus ihr heraus. «Woher wußten Sie das? Hat Dr. Winkle es Ihnen erzählt?»

«Winkle hat mir nichts erzählt. Ihr Mann und ich und

ein weiterer Mann testen ein neues Medikament, das eine sexuelle Wirkung entfaltet.»

Sie starrte mich schweigend und mit aufgerissenen Augen an und sagte schließlich: «Dann ist es nichts Dauerhaftes. Ach, Gott sei Dank! Ich dachte schon, alles sei vorbei. Das muß ich erklären. Unsere Ehe, die ganzen siebzehn Jahre, war auf gegenseitigen Respekt und Selbstbeherrschung gegründet.»

«Eine nicht vollzogene Ehe?»

«Eine selbstbeherrschte Ehe.»

«Und das war Ihnen beiden recht?»

«Voll und ganz. Warum er nun eine Sexdroge nehmen muß, und vor allem, warum er es mir nicht erzählt, kann ich nicht verstehen. Es sei denn, es war ein Trick von Dr. Winkle. War es das? Hat er Sie mit einem Trick rangekriegt?»

«Nein, keine Tricks, aber das Medikament ist in der Erprobung. Niemand weiß ganz genau, was es bewirkt. Darf ich Sie fragen, was sich zwischen Ihnen und Ihrem Mann abspielt?»

«Dürfen Sie nicht. Ich werde Ihnen nur sagen, daß es unsäglich ist.»

Ich sagte, daß ich schon verstünde, und schlug ihr vor, Mr. Spore nichts von meinem Besuch zu erzählen, es würde die Sache nur verschlimmern. Sie dachte darüber nach und stimmte mir zu. Ich gab ihr meine Nummer. «Rufen Sie mich an, wann immer Sie wollen. Ansonsten, halten Sie durch!»

«Ich glaube, ich fühle mich schon besser.»

Felix Murphy, der vierundsechzigjährige Spieler, war ein pummeliger, zur Glatze neigender, pensionierter Fliesenverkäufer. Er bat mich herein, noch ehe ich mich vorgestellt hatte. Der bescheidenen, abgeschottet wirkenden Wohnung in einem Viertel der unteren Mittelklasse sah man an, daß sie von einem alleinstehenden Mann schon lange bewohnt wurde. Sie hatte einen anheimelnden Geruch. Ich sagte, ich sei ein Patient von Dr. Winkle.

«Winkle, Winkle. Ich denke immer, Dr. Winkle wird mich ewig am Leben erhalten.» Nun erzählte er mir von einer Streptokokkeninfektion, die in wenigen Stunden sein Bein hinaufgeschossen sei. «Angefangen zwischen den Zehen. Man konnte dabei zusehen. Wie ein rosa Blitz, direkt das Bein hinauf. Ein mit mir befreundeter Pfleger war an dem Tag, als es anfing, hier bei mir zum Abendessen. Er sagte, das ist Dermatitis, tu etwas Kortison drauf. Nun ja, zum Glück, zum Glück fuhr ich sofort zu Dr. Winkle. Er sagte, noch zwei Tage, und ich wäre im Krankenhaus gewesen, noch drei, und er wolle lieber nicht dran denken.»

Mr. Murphy fragte nicht, warum ich da war. Er hätte einfach so weitergeplaudert, deshalb sagte ich es ihm.

Das ließ ihn verstummen. Er hielt sich die Hand vor den Mund.

«John Fott war hier, nicht wahr, und hat ihnen angst gemacht?»

Er saß schweigend da, ausdruckslos. Ich wartete, er wartete. Schließlich sagte ich: «Wie wär's, Mr. Murphy, wollen Sie Informationen austauschen? John Fott ist ein Schwindler, er arbeitet nicht für die FDA.»

«Lassen Sie mich nachdenken.»

Nach etwa einer Minute sagte er: «In Ordnung. Was wollen Sie wissen?»

«Inwiefern hat das Medikament Sie verändert?»

Eine weitere Minute. «In Ordnung. Ich bin schwul. Macht Ihnen das was aus?» Ich schüttelte den Kopf. «Wissen Sie, was anal passiv ist?»

«Ich kann es mir vorstellen.»

«Sie sind hetero, oder?»

Ich nickte.

«Was hat das Medikament bei Ihnen bewirkt?»

«Ohne in die Einzelheiten zu gehen, ich bin aktiver als zuvor.»

«Genießen Sie es?»

«Ich glaube schon.»

«Für mich ist es ein Alptraum. Es bewirkt, daß ich etwas will, was kein Mann haben kann, was kein Mann geben kann.»

«Und das wäre?»

«Sie sagen, Sie wissen, was anal passiv ist. Nun gut, ich habe Verlangen danach, nicht nur die Genitalien meines Partners in mich aufzunehmen, nicht nur seine Faust oder seinen Arm oder sein Bein, sondern den ganzen Mann. Ich will den ganzen Mann in mir haben. Können Sie sich das vorstellen?»

Ich nickte, dann schüttelte ich den Kopf.

«Und die wissen nicht, ob es nachläßt. Dr. Winkle sagt, sie arbeiten an einem Gegenmittel, doch sie sind sich nicht mal sicher, ob eins existiert. Bei denen ist nichts sicher. Jetzt sagen Sie mir, was es bei Ihnen bewirkt hat, daß Sie es genießen können.»

Ich war im Begriff, es ihm zu erzählen, als mir einfiel, daß es so wirken könnte, als sei ich genau der Mann, nach dem er sich sehnte. Also log ich. «Nichts Dramatisches. Einfach bloß mehr.»

«Oh», sagte er. Derselbe Gedanke war ihm auch schon gekommen.

«Darf ich Sie etwas fragen, Mr. Murphy? Wußte Dr. Winkle, daß Sie schwul sind?»

«Jetzt weiß er's. Wissen Sie, was Felix heißt? Glücklich. Als ich ein Junge war, dachte ich, es sei ein gutes Omen. Ein schlechter Witz!»

Ich wußte nicht, was ich darauf sagen sollte, also fragte ich ihn, was er jetzt plane.

«Ich werde tun, was sie sagen. Vielleicht habe ich in meinen goldenen Jahren dann ein wenig Gold in meinen Jeans. Was werden Sie tun, weiterhin genießen?»

«Hauptsächlich. Lassen Sie uns doch in Kontakt bleiben. Eine Frage noch. Haben Sie jetzt noch was vom Sex?»

«Alles im Arsch», sagte er und lachte irgendwie.

Cynthias Plan

Erleichtert kehrte ich in mein Büro und in die halbwegs verlässliche Welt der Werbung zurück. Ich rief Cynthia an und erzählte ihr von den beiden Spielern, besonders von Felix Murphy. «Sein Verlangen ist mir unbegreiflich», sagte ich.

«Rätsel des Schließmuskels, Geheimnisse der Arscheologie», sagte sie. «Winkle hat angerufen und mich nochmals aufgefordert beizutreten. Er sagte, es sei eine einmalige Gelegenheit, ‹Synergie zu studieren›.»

«Nein!» brüllte ich.

«Hör zu, ich habe einen Plan. Am besten, wir bestellen heute abend eine Pizza, und ich erzähle dir davon. Bei dir oder bei mir?»

«Bei mir sieht es wüst aus.»

«*Etwas* muß ja bei dir nicht in Ordnung sein, Ben. Immer nur Positives ist schlecht für mein seelisches Gleichgewicht.»

«Okay, acht Uhr. Das Bett ist nicht gemacht.»

«Ich auch nicht.»

Auf dem Weg nach Hause holte ich «La Dolce Vita» und machte halt, um eine Pizza *quattro stagione* zu bestellen, ein Viertel mit Pepperoni und Broccoli, eins mit Geflügel-

wurst und Ziegenkäse, eins mit Prosciutto und sonnenge-
trockneten Tomaten und eins mit Knoblauch und Hackfleisch.

Cynthia kam gleichzeitig mit der Pizza, sie küßte mich
und musterte die Videokassette. «Ah, keine Pornographie.
Ich hasse Pornographie. Ist so undolce.»

Was meine Wohnung anbelangt, so hat eine Freundin sie
einmal als möblierten Countrystil bezeichnet. Nun ja, meine Eltern haben mir ihre alten Möbel überlassen, als sie ihr
Haus neu eingerichtet haben. Ein paar davon stammen noch
aus meiner Kindheit, ein breites weiches Sofa, dessen Bezug
bedeckt ist mit Vögeln im Fluge, ein verstellbarer Lehnses-
sel, der immer noch funktioniert, der Couchtisch aus Eiche,
den mein Vater gebaut hat und an dem ich mich, wie man
mir erzählte, festgehalten hatte, als ich Laufen lernte, ein
Eßtisch aus Kirsche, der inzwischen wackelt und bei dem
man unter ein Bein ein Streichholzbriefchen schieben muß.
Meine Hausaufgaben in der High School hatte ich an dem
Schreibtisch gemacht, der jetzt in meinem Arbeitszimmer
steht.

«Die Wohnung ist genau wie du», sagte Cynthia.

«Tatsächlich? Ich finde mich eher urban und intelli-
gent.»

«Gemütlich, das bist du.» Sie küßte mich auf die Nase.

Wir nahmen die Pizza mit ins Schlafzimmer.

«Du willst doch keinen Ziegenkäse auf dein Hemd kriegen», sagte sie.

Ich zog das Hemd aus.

«Oder Hackfleisch auf die Hose.»

Ich zog die Hose aus.

«Oder Tomaten auf die Unterhose.»

Pizza ißt man nicht im Liegen, und so legten wir den
Film ein und aßen, nackt an das Kopfteil gelehnt. Die Pizza
begleitete uns, während der Hubschrauber mit der goldenen

Jesusstatue über die Straßen von Rom hinwegflog, der Reporter Marcello Mastroianni über die Schickeria berichtete und Anouk Aimée kennenlernte. Aimée: «Wenn ich Sex habe, ja, dann lebe ich wieder auf.» Mastroianni: «Ihr Problem ist zuviel Geld.» Aimée: «Und Ihres zuwenig.» Cynthia kicherte. Wir stellten die Pizzabox mit zwei Stücken *stagione*, die wir nicht mehr schafften, auf den Boden, und Cynthia streckte die Hände nach mir aus.

Hinterher sagte ich: «Also, was hast du für einen Plan?»

«Zuerst möchte ich dir das Allerneueste erzählen, der Gouverneur will, daß ich ihm eine Rede schreibe – und zwar pro Wahlfreiheit und pro Leben zugleich. Ich habe die Rede vor einem Jahr für einen anderen Gouverneur geschrieben, an den er mich ausgeliehen hatte. Wie dem auch sei, der Plan geht so. Ich sage Dr. Winkle, daß ich interessiert bin, aber mehr darüber wissen muß. Ich mache ihnen Hoffnungen, und die lassen immer mehr raus.»

«Das wird nicht funktionieren.»

«Natürlich wird es das. Schau dir doch an, was sie kriegen.»

«Versprich mir, daß du sie bloß hinhältst.»

«Würde ich mit einem einarmigen Banditen spielen?»

Der Film war so traurig und schön, daß wir einfach einschliefen, in Löffelchenmanier, ich auf der Seite liegend, sie von hinten an mich geschmiegt. Zu spüren wie sie sich an mich kuschelte, war fast so gut, wie mit ihr zu schlafen.

Am nächsten Morgen sagte sie beim Frühstück, daß sie Winkle anrufen wollte, wenn ich fort sei.

«Soll ich nicht hierbleiben, soll ich nicht mit dir gehen?»

«Lauf nur. Ich bin ein erwachsenes Mädchen.»

Ich nahm den Weg durch den Park und freute mich am frischen Grün, den frühblühenden Bäumen, den Eichhörnchen, die den Winter überlebt hatten. Ich setzte mich auf eine Bank, die noch feucht vom Tau war, und beobachtete ein Dutzend Enten, die den Teich durchquerten. Sie waren zufrieden und zuversichtlich, wie ich. Eine Frau mit wunderbaren Beinen in einem knielangen Kasack, die eine komische Maske trug – ein lächelnder Mund, halbmondförmige Augenlöcher – blieb vor mir stehen, beugte sich zu mir herunter und fragte, ob ich mit dem Leben zufrieden sei. Die Frage schien mir angemessen, und ich sagte: «Ja, wirklich. Und wie ist es mit Ihnen?» «Im Moment habe ich ein Problem», sagte sie und berührte mich an der Stirn. Einen Augenblick lang wölbte sich ein Regenbogen über dem Teich. Wahrscheinlich war sie auf dem Weg zu einer Schulfeier oder kam von dort. Sie schlenderte weiter und winkte noch mal aus der Ferne.

Im Laufe des Vormittags rief ich Cynthia aus dem Büro an, aber ich erreichte sie erst am späten Nachmittag. Sie war bei Winkle gewesen und hatte den Rest des Tages im Club verbracht, wo sie in der Bibliothek die Rede des Gouverneurs überarbeitete. Dort stieß sie auf Puck, die sagte, wie sehr ich ihr gefalle. «Und der Gouverneur will mit dir reden. Komm zu mir, wenn du fertig bist.»

«Ich muß dir sagen», berichtete sie an jenem Abend, «die nette Schwester in Winkles Praxis, die, mit der du Mittagessen gegangen bist, hat mich mit großen Augen neugierig angestarrt, mit einem kleinen Hauch von Neid. Ivo war auch da. Er hat mir die Hand geküßt.»

«Das muß aber aufregend gewesen sein.»

«So schlimm ist er auch wieder nicht.»

«Hat er dir sein lila Zahnfleisch gezeigt?»

«Er setzte ganz auf Feminismus. Frauen hätten ebenso das Recht, nach Glück zu streben, wie die Männer. Eine geschlechtsspezifische Unabhängigkeitserklärung. Als er auf Geld zu sprechen kam und ich die Hand aufhielt, fragte er, ob es zutreffe, daß ich reich sei. Er sagte, du seist ein glücklicher Mann.»

«Das bin ich auch, und ich will es mir nicht versauen.»

«Wie sollte das wohl gehen? Was ist dieses Venus eigentlich genau, eine Tablette, eine Spritze?»

«Eine rosa Tablette. Cynthia, das klingt nicht gut. Hast du sie gefragt, ob auch andere Frauen an der Testreihe teilnehmen?»

«Sie sagten ja, aber es gebe kein Paar.»

«Hast du gefragt, welche Wirkung es auf Frauen hat?»

«Es steigert die Lust.»

«Du kannst deine Lust gar nicht mehr steigern.»

«Jedenfalls habe ich gesagt, ich müsse erst mal mit dir sprechen. Sie gehen morgen mit mir Mittagessen.»

«Cynthia, das kannst du nicht machen.»

«Süßer, ich bin schon ein großes Mädchen», sagte sie noch einmal.

Das war ihre emailleharte Oberfläche. Ich fühlte mich zurückgestoßen. Sie merkte das und meinte, ich solle nach Hause gehen.

Ich fühlte mich elend. Es ging so weit, daß ich mir wünschte, ich hätte sie nie unter dem Einfluß von Venus kennengelernt. Wäre es nicht besser gewesen, sich einfach an sie heranzumachen, sich zu verabreden und dann zu sehen, wie sich die Dinge von allein entwickelten? Andererseits, hätte ich das denn getan? Wahrscheinlich wäre ich gegangen, um mir den Vortrag des Generals zu ersparen, und hätte die wichtigste Beziehung in meinem Leben verpaßt.

Während ich schlaflos dalag, dachte ich an ihre grünen Augen, die amüsiert blickten, selbst wenn sie ernst war, an das Weiß ihrer Zähne, die weißer noch als ihre makellose Haut waren, ihre schwarzen Locken, die das Licht einfingen, wenn sie den Kopf bewegte. Ihr natürlicher Duft lag immer noch auf einem Kissen voller Pizzaflecken. Ich roch tatsächlich den Duft von Erdbeeren und von gemähtem Gras.

Um drei Uhr morgens rief ich sie an. Sie sagte nicht «Hallo», sie sagte nur: «Komm schon zu mir, du armer Betörter.» Wir umarmten uns an der Tür. Doch die Beziehung hatte sich verändert. Dennoch fühlte ich mich errettet vor einer Art Tod.

Beim Frühstück kamen wir auf Venus nicht zu sprechen. Beim Aufbruch gab sie mir einen Kuß auf die Lippen, aber nur flüchtig. Den Morgen über war ich zu unruhig, um zu arbeiten, und um Viertel vor elf ging ich zu ihrem Apartmenthaus und bezog auf der anderen Straßenseite Stellung, verborgen hinter einem Zeitungskiosk. Um halb eins erschien sie, in einem grauen Kostüm und einer weißen Gouvernantenbluse, von der sich niemand täuschen lassen würde. Eine schöne Frau am hellichten Tage ist etwas Besonderes. Keine Perlen, kein Lidschatten, kein Dekolleté, einfach die Sache selbst.

Ich folgte ihr zu Fuß zum teuersten, wenn nicht besten Restaurant der Stadt und gab ihr einen kleinen Vorsprung, um Platz zu nehmen. Dann ging ich vorsichtig hinein. Man kannte mich dort, und ich bat um einen kleinen Tisch auf der Galerie. Es war leicht, sie zu beobachten. Ivo und Winkle waren als erste gekommen, und die drei übertrafen sich gegenseitig mit ihrem Lächeln und ihrer Liebenswürdigkeit. Ivo bestritt den Großteil des Gesprächs, wobei er seinen Worten mit seiner verschrumpelten Hand Nachdruck verlieh. Der Kellner brachte Drinks. Winkle, der wenig sagte, nickte, wenn Ivo sprach, und hörte zu, wenn Cynthia sprach. Wenn Ivo lächelte, fragte ich mich, ob Cynthia vielleicht Einzelheiten unserer Liebesnächte beschrieb. Irgendwann wandte sich Ivo an Winkle, und Cynthia sah auf und erblickte mich. Sie wußte jetzt, daß ich ihr gefolgt war. Sie schien nicht wütend zu sein, sondern zwinkerte mir zu. Es war mir so peinlich, daß ich nicht bleiben wollte. Ich brach auf, ohne etwas zu essen, und kehrte ins Büro zurück. Ich zwang mich zu arbeiten.

Hatten sie sie überzeugt, an der Testreihe teilzunehmen? War ich in ihrer Wertschätzung gesunken, weil ich sie ausspioniert hatte? Ich überlegte, ob ich es wiedergutmachen konnte, wenn ich sagte, daß sie frei sei zu tun, was immer sie wolle. Sie würde sagen, daß sei sie ohnehin. Ich wollte wirklich nicht, daß sie das Medikament nahm. Es würde alles völlig umschmeißen, und dabei war es zwischen uns einfach perfekt. Den ganzen Nachmittag über hoffte ich, daß sie anrufen würde. Nur wenn sie es mit einem Lachen abtun würde, könnte ich über diese Peinlichkeit hinwegkommen. Zehnmal griff ich nach dem Hörer. Ich blieb bis acht Uhr im Büro. Als ich nach Hause kam, waren einige Nachrichten auf dem Anrufbeantworter, aber nicht von ihr. Hatte ich mir ihr Blinzeln nur eingebildet? War sie wütend? Sie mußte doch begreifen, daß ich ihr nur gefolgt war, weil ich sie so sehr liebte. Ich trank eine Menge Scotch, aber das brachte mich nur durcheinander. Um halb zwölf rief ich sie schließlich an. Sie war ein wenig außer Atem. Sie sei gerade erst hereingekommen. Sie habe anrufen wollen, doch sie sei den Großteil des Nachmittages und den ganzen Abend vom Gouverneur beansprucht worden. Nein, sie sei nicht böse, daß ich ihr nachspioniert hatte. «Das war doch ein Kompliment, wenn man so will. Ich würde dich ja bitten, noch herzukommen, aber ich bin todmüde. Wie wär's mit Frühstück? Bei dir.»

Sie kam am nächsten Morgen um acht. Ich hatte mich geduscht und rasiert und mir die Zähne geputzt. Zu hören, sie sei nicht wütend, ist nicht dasselbe, wie es zu sehen. Sie sprühte Funken, und obwohl ich alles für das Frühstück hergerichtet hatte, schwebten wir automatisch, wie es schien, auf das Bett zu und probierten etwas Neues aus. Wir lagen auf der Seite, ich hinter ihr. Sie hob ihr Bein. Meine Hände lagen auf ihren Brüsten, und er wuchs pulsierend zwischen ihren Beinen, richtete sich auf und drang ein. Er mußte zu weit eingedrungen sein, denn sie keuchte erst vor Unbehagen, dann vor Lust.

Als wir später Seite an Seite lagen, sagte sie: «Du hast keinen Nachschlag genommen, oder?»

«Nein. Können wir mal über das Mittagessen gestern reden?»

«Der Fisch war vorzüglich.»

«Ich hatte Angst, sie tun dir Venus ins Glas.»

«Was hättest du getan? Wie der König in ‹Hamlet› geschrien, ‹Gertrude, trink nicht!›?»

«Was haben sie denn gesagt?»

«Ivo ist ein Schmeichler. Er sagte, sie interessierten sich, abgesehen von körperlichen Auswirkungen, auch für die verschiedenen Persönlichkeitstypen, und ich wäre ihre weitaus differenzierteste Versuchsperson von allen, ganz gleich, ob Mann oder Frau. Sie haben herausgefunden, daß die Wirkung um so außergewöhnlicher ausfalle, je intelligenter der Spieler sei. Sie sagten, kein Spieler habe irgendeinen Schaden erlitten.»

Ich erinnerte sie an den Fall des schwulen Mannes und an die Reaktion von Mrs. Spore.

«Man sollte ihr ein wenig Venus unterjubeln.»

«Wissen die, daß ich diese Leute getroffen habe?»

«Es kam nicht zur Sprache. Ich habe gesagt, die männlichen Spieler sollte man Testikel nennen und die Frauen Östrikel. Ivo fand das komisch und schrieb es sich auf. Dein Dr. Winkle ist ein Klotz.»

«Also, wie sieht es jetzt aus?»

«Es sieht wie ein Dialog aus, der weitergeführt wird», sagte sie und lächelte – es war eine Warnung, nicht weiter nachzubohren.

Puck und der Gouverneur baten uns zum Dinner in den Club. Drei von uns trafen gleichzeitig ein. Amos, der legendäre Türsteher des Clubs, kannte alle elfhundert Mitglieder von Angesicht und mit Namen. Er war außerdem die Diskretion selbst. Seiner Begrüßung war zum Beispiel nicht im geringsten anzumerken, daß einer von uns der Gouverneur des Bundesstaates war und ein anderer Werbetexter.

«Miss Darling wartet in der Bibliothek auf Sie, meine Herrschaften.»

Cynthia las Zeitschriften. Sie gab uns einen Kuß, mir auf den Mund, und ließ ihre Hand in mein Jackett gleiten, um mich in die Seite zu kneifen. ‹Zuck› machte mein Penis. Ein Kellner servierte uns Drinks in der Bibliothek, und der Gouverneur brachte einen Toast aus «zum Gedenken an Paula Jones, eine Warnung für Gouverneure allüberall». Puck hob das Glas. «Auf Bill Clinton, Freund der Frauen allüberall.» Wir tranken noch einen und gingen dann zum Essen.

Der Gouverneur erzählte Anekdoten über seine erste Frau. Einmal hatte es ihr nicht gefallen, wie er sich für eine Party angezogen hatte, und sie hatte die meisten Fäden durchgeschnitten, mit denen die Knöpfe an seinem Jackett festgenäht waren, so daß sie abfielen, als er versuchte, es zuzuknöpfen. Als sie ein andermal fand, daß er bei einer Party zuviel getrunken hatte, schüttete sie Natron in den Schnaps. «Beim ersten Schluck dachte ich, sie hätte mich vergiftet.»

Cynthia sagte: «Sie wirken aber nicht wie der typische Pantoffelheld, Herr Gouverneur.»

«Pantoffelheld? Sie wollte ganz altmodisch die Hosen anhaben.»

«Was ist aus ihr geworden?»

«Sie hat einen State Senator geheiratet. Jedesmal, wenn ich nach ihr frage, stottert er. Das arme Schwein.»

«Sie war sehr schön», sagte Puck.

«Das war das Problem. Puck hier hat ja auch eine scharfe Zunge, aber sie verwendet sie nicht gegen mich.»

Wie ein echter Politiker ließ der Gouverneur sich von mir ganz genau erklären, womit ich meinen Lebensunterhalt verdiente, und er ließ immer wieder durchblicken, daß er ja im Grunde etwas ganz Ähnliches machte. Ich fühlte mich irgendwie geschmeichelt.

Nach dem Dinner brachten wir die Damen in die Bibliothek, bestellten Brandy für sie und gingen in die Bar. Frenchy machte es Spaß, den Gouverneur zu bedienen, er nannte ihn *mon gouverneur* und schenkte uns großzügig Drinks ein. Die beiden anderen Männer an der Bar nickten uns zu. Mitglieder gingen nicht aufeinander zu und sprachen sich nicht an, wenn man es ihnen nicht zu verstehen gab. Wie der Kuß bei der ersten Verabredung.

Nachdem wir auf Puck und Cynthia angestoßen hatten, legte er mir die Hand auf den Arm und sagte: «Ihre Art gefällt mir, Ben.»

«Cäsars Lob ist Lob fürwahr.»

«Ben, macht euer Laden auch politische Arbeit?»

«Meistens geht es um Suppen und Klopapier, aber sicher können wir das auch.»

«Können *Sie* es denn?»

«Sicher, denk ich doch.»

«Weil Sie ein Abenteurer sind, Ben. Sie haben Phantasie. Sie stehen Ihren Mann.»

«Den Mann stehen?»

«Na, mit diesem Zeug, was Sie nehmen. Cynthia hat mir ein bißchen davon erzählt. Ich war ganz platt.»

«Was hat sie gesagt?»

«Sie hat gesagt, daß Sie eine Art Romantikpille testen. Als ich fragte, was für eine Wirkung die hätte, sagte sie: ‹O la la.› Ich dachte, Sie könnten mir auf die Sprünge helfen.»

«Es ist eigentlich reine Privatsache, Herr Gouverneur.»

«Ich will nicht neugierig sein, Ben. Es klang einfach . . . gut. Na ja, vielleicht sogar noch besser.»

«Würden Sie's gern ausprobieren?»

«Vielleicht.»

«Herr Gouverneur, ich darf eigentlich nicht darüber sprechen, aber ich werde die Leute, die damit befaßt sind, darüber informieren, daß Sie interessiert sind. Ist das in Ordnung?»

«Mehr als in Ordnung, Ben.» Er drückte mir den Arm, und wir gesellten uns wieder zu den Damen.

Später im Taxi zu Cynthias Wohnung mußte ich vorsichtig sein. Einerseits wollte ich sie ermahnen, nicht über Venus zu sprechen. Andererseits ließ sie sich ungern etwas sagen. Sie fragte mich, worüber der Gouverneur und ich an der Bar gesprochen hätten.

«Venus», sagte ich.

Sie war eine Weile still, und als ich nichts hinzufügte, sagte sie: «Ich habe es mal so erwähnt, ganz nebenbei eigentlich, keine Einzelheiten.»

«Er will mehr wissen. Er will es vielleicht sogar nehmen.»

Wieder Stille.

Schließlich sagte ich: «Was hältst du eigentlich vom Gouverneur?»

«Es ist leicht, ihn zu mögen. Er ist clever und interessant und witzig. Er ist ein Politprofi. Man weiß nie, was er wirklich denkt. Außer wenn er wütend ist.»

«Und Venus, warum interessiert ihn das?»

«Das gehört zu den Dingen, die man bei ihm nicht weiß. Ben, bist du sauer auf mich?»

«Ich liebe dich. Ich bin nicht sauer auf Menschen, die ich liebe.»

«Aber ich hätte nicht davon sprechen sollen.»

«Darling, es ist halt so gekommen. Er will mehr wissen. Ivo kann es ihm sagen oder auch nicht.»

Ich legte meinen Arm um sie, sie legte den Kopf an meine Schulter. Bis zum Ende der Fahrt sagten wir nichts mehr. Wir gingen sogar ins Bett und liebten uns, ohne viel zu sagen. Es war irgendwie normal, innig.

Am nächsten Morgen rief ich im Büro an, um zu sagen, daß ich später käme. Dann rief ich Winkle an. «Kommen Sie, ich werde Ivo herbestellen», sagte er.

«Ich mag Ihre Freundin», sagte Penny, als ich ins Vorzimmer der Praxis kam. «Sie ist fast so schön wie Sie. Huch, Entschuldigung!»

«Penny, wenn ich frei wäre, ich würde mich auf Sie stürzen.»

«Ja, ja, sicher, sicher. Das Team erwartet Sie.»

Sie standen beide auf, aber wir gaben uns nicht die Hand. «Haben Sie Nachrichten aus dem Bett für uns?» fragte Ivo.

Ich erzählte ihnen vom Gouverneur. Sie hörten aufmerksam zu. Winkle meldete sich als erster zu Wort. «Er könnte uns rankriegen. Er ist die Regierung. Ich könnte meine Approbation verlieren. Wir könnten strafrechtlich verfolgt werden. Sie kam mir so vernünftig vor, dabei ist sie ein Trottel.»

«Keine Panik», sagte Ivo. «Gehen wir das doch mal ganz ruhig durch. Ben, Sie sagen, Cynthia hat ihm sehr wenig erzählt. Ist auf sie Verlaß?»

«Ja.»

«Verlaß!» sagte Winkle. «Sie ist ein Trottel. Sie ist gefährlich. Wir können ihn nicht an der Testreihe teilnehmen lassen. Er ist prominent. Wenn ihm etwas passiert, stellen sie Nachforschungen an.»

Ivo warf ihm einen bösen Blick zu. Sie gaben also zu, daß etwas passieren konnte.

«Ich weiß ein bißchen was über den Gouverneur», sagte Ivo. «Seine Leidenschaft ist nicht Leidenschaft, seine Leidenschaft ist Geld. Nicht der Penis, die Penunzen interessieren ihn. Ich nehme mal an, mit den Mitteln, die ihm zur Verfügung stehen, kann er leicht herausfinden, wer wir sind und was wir machen. Ben, ich möchte, daß Sie ihm sagen, wir würden uns glücklich schätzen, ihn zu empfangen.»

Es dauerte ein paar Sekunden, bis Ivos Logik bei Winkle durchgedrungen war, aber schließlich grunzte er zustimmend.

«Und nun zu den Nachrichten aus dem Bett», sagte Ivo.

«Wenn es welche gäbe, und es gibt keine, wäre ich nicht in der Stimmung, sie mitzuteilen. Und eines möchte ich noch sagen. Hören Sie auf, Cynthia anzuwerben. Sonst werden Sie es noch bereuen.»

«Sie sind ja noch gefährlicher als Cynthia», sagte Ivo und zeigte sein violettes Zahnfleisch. «Aber Sie werden es dem Gouverneur sagen?»

Ich nickte und stand auf.

«Und etwas sollten *Sie* noch wissen, Ben. Es steht eine Menge auf dem Spiel hier, eine Menge Geld, und Geld, allein schon die Aussicht auf Geld, setzt Dinge in Gang, angenehme Dinge und unangenehme Dinge.»

Ich ging hinaus und knallte die Tür hinter mir zu.

«Sie sind wütend», sagte Penny, «das macht Sie sogar noch schöner.»

Ich rief den Gouverneur von meinem Büro aus an. «Sie möchten Sie gern treffen.» Ich gab ihm Winkles Nummer. «Herr Gouverneur, ich wollte Sie noch fragen, würden Sie mich auf dem laufenden halten?»

«Absolut, Ben. Und ich würde Sie um dasselbe bitten.»

«Abgemacht», sagte ich, aber ich dachte, kommt nicht in Frage.

«Und, Ben, ich habe ernst gemeint, was ich gestern abend gesagt habe. Sie hören von meinem Generalstabschef.»

«Danke, Herr Gouverneur.»

Ich rief Cynthia an und erzählte ihr mehr oder weniger,

was geschehen war. Es schien sie nur vage zu interessieren, und sie sagte, sie könne am Abend leider nicht. Sie sei nicht in Form, sagte sie. Ich arbeitete bis spätabends und widerstand mehr als einmal der Versuchung, sie anzurufen. Ich wollte bei ihr sein, aber ich hatte einfach auch Angst, fern von ihr zu sein.

An diesem vollkommenen Sommerabend ging ich durch den Park nach Hause, um meine Nerven zu beruhigen.

Entree

Am nächsten Abend schien sie wieder sie selbst zu sein.

«Was rieche ich da?» fragte ich, als sie die Tür öffnete.

«Knoblauch und Oregano, grüne Paprika und sautierte Zwiebeln. Außerdem gibt es Hühnchen in Butter mit Tomaten, Champignons, neuen Kartoffeln, Ketchup, Pfeffer, Salz und Zucker – das heißt Chicken-Stew.»

Wir putzten alles weg. Ich sagte, so gut hätte es mir noch nie geschmeckt. «Können wir es Chicken Cynthia nennen?»

«Na ja, es gibt ein anderes Gericht, das ich tatsächlich erfunden habe, und das heißt Chicken Cynthia. Mit Trüffeln und Brandy.»

«Du bist Spitze.»

«Ja, das bin ich.»

Wir standen vom Tisch auf. Ich nahm ihre Hand. Sie zitterte. Ich legte die Arme um sie. Ihr ganzer Körper zitterte. Sie drückte sich an mich. «Ich liebe dich, Ben.»

Ich wußte, daß sie mich liebte, und sie wußte, daß ich sie liebte, aber wir ließen das nur gelegentlich anklingen. Jetzt gingen wir Hand in Hand ins Schlafzimmer, zogen uns aus und gingen ins Bett. Als ich in sie eindrang, hörte sie auf zu zittern. «Ben, kannst du ihn noch größer machen? Hab keine Angst. Er wird mir schon nicht weh tun. O Ben, o Ben!»

Es war schwer zu sagen, wie groß er war, nur daß er mir noch größer vorkam als der Rest meines Körpers. Beim Orgasmus hatte ich Angst, er könnte platzen. Sie seufzte, und wir schliefen ein, er in ihr drin.

Irgendwann in der Nacht wachte ich wieder auf, weil sie zitterte. Sie brauchte gar nicht erst zu fragen. Entweder weil ich wollte oder weil ich es einfach geschehen ließ: Er wurde jedenfalls wieder sehr groß in ihr, sehr dick und sehr lang, und schien nach rechts und links zu schwenken und rauf und runter, um herauszufinden, wohin er ausweichen könnte, wenn er noch größer wurde. Als wir kamen, hatte ich das Gefühl, ich sei ein Teil von ihr.

Die Nacht war noch nicht vorüber. Ich wurde noch einmal wach. Sie zitterte heftig. Ich legte mich auf sie. Sie schob mich an den Schultern nach unten. Meine Knie rutschten am Bettende herunter. Ich zog sie zu mir hin und begann sie zu lecken. Sie lag still da und gab keinen Laut von sich. Ich machte lange Zeit so weiter, und ob es mich nun daran erinnerte oder eine Phantasie war, mir war, als würde ich an der Brust meiner Mutter saugen und Milch trinken. Ich roch ein Parfüm, das meine Mutter immer benutzte, und spürte ihre Hand an meinem Kopf. Ich wollte, daß es immer so weiterging, damit ich noch einmal heranwachsen und es diesmal alles richtig machen konnte. Dann drückte die Hand meinen Kopf in die Vagina. Sie drehte ihn herum, so daß ich nach oben sah. Langsam schob sie mich hinein, die Arme und den Oberkörper, die Hüften und Beine und Füße, dann schloß sie sich wieder. Cynthia wurde von Krämpfen geschüttelt. In ihr bebte ich mit. Ich spürte meine Beine in ihren Beinen, meine Arme in ihren Armen, meine Augen hinter ihren Augen. Sie hatte Venus genommen.

Für den Rest der Nacht schlief ich, und sie schlief auch, und am Morgen wachte ich auf, als sie aufwachte. Sie öffnete die Augen, und ich sah, was sie sah, obwohl ich nicht genau das anzuschauen brauchte, was sie anschaute. Ich konnte mich in den Grenzen ihres Blickfeldes umschauen. Ich bewegte mich, wie sie sich bewegte, ging, wohin sie ging, aber ich fühlte mich nicht eingeengt. Ich fühlte mich frei, weil ich keine Entscheidungen treffen mußte.

Am Morgen suchte sie nach mir, aber ohne großen Enthusiasmus. Sie griff nach meinen Kleidungsstücken auf einem Sessel, drehte und wendete sie in den Händen, befühlte mein Hemd, ließ es wieder fallen. Sie sah sich nicht in der Wohnung nach mir um, sie rief nicht nach mir, sie schien zu wissen, daß etwas geschehen war, aber nicht was. Sie betrachtete sich in einem Ganzkörperspiegel. Ich wußte nicht, was sie dachte, aber ich konnte sehen, wie sie sich fühlte. Sie war entspannt. Sie stand lange Zeit so da. An ihren Augen im Spiegel erkannte ich, daß sie ihr Gesicht musterte. Was sie sah, gefiel ihr, und mir auch. Es war ein Knabentraum, eine schöne Frau nackt zu sehen, aus nächster Nähe, und dabei nicht gesehen zu werden.

Ich wußte, daß Cynthia einen schönen Körper hatte, aber wenn wir uns liebten, waren wir immer eng ineinander verschlungen gewesen. Ich hatte keine Gelegenheit gehabt, sie in Ruhe anzuschauen, jedenfalls nicht so. Sie stellte sich für sich selbst in Positur, oder vielleicht für mich, wie eine Schönheit, die aus einem Bilderrahmen hinausschaut und sich freut, wenn sie Freude spendet. Wenn man ihr Bildnis berührte, hätte sie nichts dagegen. Ich versuchte, Cynthias Hand an ihre Brust zu heben. Sie hatte an ihrem Oberschenkel geruht, was ich zu spüren meinte, auch wenn die Empfindung vielleicht nur daher rührte, daß ich die Hand gesehen hatte. Die Hand bewegte sich, hielt dann inne. Die Stimmung war dahin. Wir gingen unter die Dusche.

Unter der Dusche war ich glücklich. Wieder wußte ich nicht, ob ich das Wasser spürte oder ob ich was ich sah oder hörte nur zu einem Bild zusammenfügte. Ich wußte, daß sie ihre Brüste einseifte, denn ich lugte am Rande ihres Blickfeldes herab, aber ich spürte es nicht. Als sie ihr Schamhaar einseifte, spürte ich allerdings etwas. Wahrscheinlich war mein Penis in der Nähe. Die intimen Verrichtungen eines schönen und anmutigen Menschen zu beobachten und irgendwie auch zu erleben war, so wurde mir klar, als sie sich abtrocknete, eine ganz besondere Erfahrung. Als sie sich jedoch die Zähne putzte und den Rest ihrer Toilette erledigte, schloß ich die Augen. Ich könnte Dinge erfahren, die mein Bild von ihr beeinträchtigen würden. Es war eine gefährliche Intimität.

Um neun Uhr rief Winkle an. «Wie fühlen Sie sich, Miss Darling? Besser als gestern? Ich habe es Ihnen nicht erzählt, ich wollte Sie nicht beunruhigen, aber wir haben bei einigen Spielern ein gewisses anfängliches Unwohlsein beobachtet, nichts Beunruhigendes. Wie fühlen Sie sich jetzt?»

«Hmm.»

«Heißt das besser oder schlechter? Wir müssen das wirklich wissen. Zu Ihrem eigenen Besten.»

«Besser.»

«Würden Sie vielleicht herkommen und uns davon berichten?»

«Nicht heute.»

«Haben Sie Ben gesehen?»

«Ich sehe ihn nicht.»

«Wie meinen Sie das? Er ist nicht im Zimmer?»

«Dr. Winkle, mir ist nicht nach Reden zumute. Reden wir doch morgen.» Sie legte sanft den Hörer auf.

Einige Sekunden später klingelte es wieder. Winkles Stimme erklang auf dem Anrufbeantworter. «Miss Darling, wir können Ihnen gar nicht eindringlich genug vor Augen halten, wie wichtig in dieser Phase der Testreihe Ihre Erfahrungen für uns sind. Sie sind eine einzigartige Spielerin, und wenn wir nicht ganz genau erfahren, was geschieht, werden wesentliche Daten verloren sein. Das kommt noch zu der Frage Ihres Wohlbefindens hinzu. Miss Darling, Sie sind unverantwortlich...» Sie hob den Hörer ab und legte ihn wieder auf, wodurch die Verbindung beendet wurde. Eine Weile später klingelte das Telefon erneut. Sie ließ den Anrufbeantworter laufen. «Hier Seine Prominenz.» Es war der Gouverneur. «Es gibt Arbeit. Rufen Sie mich an!»

Sie ging wieder zum Spiegel, streckte die Arme vor sich aus wie eine Turnerin, hob sie, auf Zehenspitzen stehend, über den Kopf und breitete sie dann weit aus. Sie drehte sich seitwärts und betrachtete ihren Körper im Profil. Sie zog ihren Bauch ein, obwohl es gar nicht viel davon gab, klemmte die Hinterbacken zusammen, stellte einen Fuß nach vorn, dann den anderen, wobei sie sich die ganze Zeit beobachtete. Es schien eher eine Suche als eine Übung zu sein. Suchte sie nach mir? Ich suchte nach einem Weg, wie ich sie wissen lassen konnte, wo ich war. Ich versuchte, ihre Lippen zu bewegen, mit ihrer Hand zu zeigen, ihr von innen eine Empfindung zu vermitteln. Nichts funktionierte. Ich versuchte, in ihr eine Ahnung zu wecken. Es war nicht wie ein Frustrationstraum, es war wie ein Traum von sanfter sexueller Lust.

Sie ging wieder ins Bett, lag mit dem Gesicht nach unten und schloß die Augen. Ich konnte nicht feststellen, ob sie schlief oder nicht. Ich selbst war hellwach und nahezu gewichtslos. Ich spürte meine Materialität, doch ich war so vollkommen umschlossen, daß sich die Schwerkraft kaum auf mich auswirkte. Sie drehte sich auf den Rücken. Ich hörte Schlafgeräusche. Zeit verging. Langsam begann sie zu zittern. Mein Penis bewegte sich. Wohin würde er sich bewegen? Würde er sich selbst strangulieren? Er schob sich aus ihrer Vagina heraus. Als er draußen war, war er voller Empfindungen, er konnte atmen. Ich spürte, wie er sich zurückbog und gegen ihre Klitoris drückte. Er zuckte, und sie kam, und ich ebenfalls, und dann, glaube ich, schlief ich selber ein. Als wir erwachten, streckte sie sich, setzte sich auf und sah das Ejakulat auf dem Laken. Sie berührte es mit dem Finger und prüfte den Geschmack. Ihren Gesichtsausdruck konnte ich nicht sehen.

Sie rief den Gouverneur an, erreichte seine Sekretärin und sagte, sie könne ihn am Nachmittag treffen, man möge bitte ein Auto schicken.

Sie zog ein Höschen an, was ich freudig registrierte, und einen blauen Rock, eine lange weiße Bluse, die lose herabhing, obenrum weit, aber eng um die Hüften. Sie schlüpfte mit nackten Füßen in braunweiße Pumps, und ihre schwarzen Locken steckte sie unter einen grauen Glockenhut. Ich brauchte einen Moment, um zu erkennen, daß sie sich im Stil der zwanziger Jahre kleidete.

Die Hauptstadt des Bundesstaates war eine kleine historische Stadt, die fünfundzwanzig Kilometer Richtung Norden lag. Die Residenz des Gouverneurs war in protzigem Neoklassizismus gebaut. Er nannte sie die olle Hütte. Tagsüber zog er gern Jeans oder Overall an wie ein Farmer, besonders, wenn das Fernsehen kam. An diesem Tag hatte er Badeshorts an und war noch naß vom Schwimmen im Pool. Er zog einen Frotteebademantel an, und sie (wir) nahmen im Arbeitszimmer Platz. Ohne zu fragen, schenkte er zwei Scotch ein.

«Das Problem», sagte er und nahm ein paar Blatt Papier zur Hand, «ist, daß die Rede noch immer nur fünfundsiebzig Prozent pro Wahlfreiheit und fünfundsiebzig Prozent pro Leben ist. Sie muß fünfundachtzig/fünfundachtzig sein. Wir müssen alle zufriedenstellen. Wir wollen, daß jeder hört, was er hören will.»

«Und was *sie* hören will.»

«Richtig. Frauen hören am genauesten hin.»

«Es ist eine bekannte Tatsache, daß Frauen achtzig zu zwanzig für Wahlfreiheit sind. Sollten wir ihnen nicht etwas Zucker geben, sagen wir neunzig Wahl und achtzig Leben?»

«Nein, Ma'am. Gleich und gleich. Keine Begünstigung, das ist unsere Aufgabe, das ist *Ihre* Aufgabe.» Cynthia machte sich Notizen.

«Jetzt mal zu der Sache, die Ben nimmt», sagte er.

«Ja?»

«Die beiden Typen haben mich aufgesucht.»

«Ben sagte, Sie hätten Interesse.»

«*Großes* Interesse. Was wissen Sie über die?»

Sie verriet nichts. «Ich weiß, was Ben mir erzählt hat. Ich nehme an, er hat Ihnen dasselbe erzählt.»

«Er hat mir nichts erzählt. Er hat gesagt, er dürfe nicht. Er hat gesagt, er würde denen mitteilen, daß ich Interesse hätte.»

«Also, wie schätzen Sie sie ein?»

«Ivo ist eine seltsame Type. Mal gesehen?»

«Ben hat mir von ihm erzählt.» Ihre Ausweichmanöver waren raffiniert.

«Weil ich Interesse *habe*. Ich brauche wirklich keine Hilfe im Liebesbereich, aber es ist ein faszinierendes Projekt.» Er wartete, ob Cynthia etwas sagen würde, und sprach dann weiter. «Ich interessiere mich für die *wissenschaftliche* Seite, dafür, wie es *funktioniert*.»

«*Die* wissen nicht mal, wie es funktioniert.»

Er nippte an seinem Drink, spähte über den Rand des Glases hinweg und sagte: «Ich meine, was es *bewirkt*.»

«Schwer zu beschreiben.»

«Wollen Sie's noch mal versuchen?»

«Nein.»

«Sie sind schwer zu beschreiben.»

«Das höre ich immer wieder.»

«Cynthia, Sie sind sehr sexy geworden. Das wissen Sie.»

«War ich das vorher nicht?»

«Ich gebe gern zu, Sie machen mich an. Hören Sie, Puck fährt in die Stadt. Bleiben Sie doch da. Wir genehmigen uns ein paar Drinks, suchen uns was zum Futtern zusammen, diskutieren Sachen.»

«Ich fahre mit Puck zurück. Unmengen Arbeit. Fünfundachtzig/fünfundachtzig.»

«Harte Frau, harte Frau.»

Auf der Rückfahrt in der Limousine des Gouverneurs fragte Puck Cynthia, wie es ihrem netten jungen Mann gehe.

«Mmm.»

«Genau das Wort, das ich auch gebrauchen würde.»

«Bilde ich mir das nur ein, Puck, oder reicht Norma Boncœur Missy Chee herum?»

«Ich weiß, was du meinst. Hat Missy sich an dich herangemacht?»

«Sie wurde wohl eher geschubst.»

«Interesse?»

«Nicht viel. Hat sie sich an dich herangemacht?»

«Irgendwie schon.»

«Interesse?»

«Nicht viel.»

Sie kicherten, und der Chauffeur drehte sich um.

Puck wischte sich die Augen. «Hör zu,» sagte sie, «ich gehe in meine Wohnung und dann zu Norma zum Tee. Komm doch mit. Norma wird sich freuen, dich zu sehen, und Missy auch. Flirte doch mit Missy. Mal sehen, was passiert.»

Tückische Puck, doch es klang vielversprechend. Ich war voller Vorfreude, als wir dort ankamen.

«Ich habe Cynthia mitgebracht, um euch zu überraschen», sagte Puck.

Norma *war* überrascht. Ich sah, wie sie überlegte, welche Folgen für den Nachmittag Cynthias Erscheinen wohl haben könnte.

Das Apartment hatte viele Fenster und war bei Tageslicht anders, luftiger, größer. Auch Norma war anders, immer noch gutaussehend, aber nicht so maskulin, fast lieblich. Zwei weitere Gäste waren da, Frauen aus der Oberschicht, mittleren Alters, hetero. Alles war eigentlich ganz normal, mit Ausnahme von Missy, die so schön war, daß sie gefährlich aussah. Winzig und golden, in ausgestellten violetten Hosen und einer Seidenbluse, die mit verschlungenen Drachen bedruckt war.

Nachdem sich alle miteinander bekannt gemacht hatten, sagte Puck: «Missy, zeig Cynthia deine Füßchen.» Sie setzte einen nackten Fuß vor. «Ist das nun Vollkommenheit oder Perfektion?» sagte Puck. Und so war es, die Zehen exakt abgestuft, bis hin zur kleinen Zehe, die genausoviel Würde hatte wie der große Zeh.

«Alles an Ihnen ist vollkommen, Missy», sagte Cynthia. Missy knickste und Cynthia nahm ihre Hand. Puck lächelte.

Norma hatte zugesehen. Sie kam herbei und sagte: «Man bewundert meine kleine Freundin?»

«Tu ich wirklich», sagte Cynthia.

Die Situation war neu für mich. Von der Koketterie mal abgesehen, hatte ich niemals Frauen zusammen gesehen, ohne daß ein Mann dabeigewesen wäre. Sie waren entspannter, spielten kein Theater, mit Ausnahme von Missy. Ich wünschte, Cynthia würde sich nicht abwenden, so daß ich Missy weiterhin ansehen konnte. Sie war wie eine Blume. Ich konnte mich des Gefühls nicht erwehren, daß sie auch für mich spielte.

Es gab Tee und Kuchen. Missy lief Cynthia nach und setzte sich neben sie. Sie lächelte bei allem, was Cynthia sagte, und zweimal flüsterte sie: «Ich mag dich.»

Als eine der Frauen mittleren Alters aufstand, um zu gehen, erhob sich Cynthia ebenfalls.

«Missy», sagte Norma, «zieh deine Schuhe an und geh mit Cynthia nach Hause. Sie wird dir ihre Gemälde zeigen. Hättest du Lust?»

«Oh, ja.»

«Komm mit rauf, ich zeig dir meine Briefmarkensammlung», sagte Cynthia.

«Oh, ja.»

«Nehmt die Limousine», sagte Puck. «Aber sagt dem Fahrer, er soll damit wiederkommen.»

Norma, Puck und Cynthia waren allesamt vergnügt. Das war ich auch, aber gleichzeitig ein bißchen ängstlich.

Der Doorman war wie vom Donner gerührt, als er die beiden schönen Frauen händchenhaltend durch die Eingangshalle gehen sah. Der Fahrer des Gouverneurs, der zunächst nicht sicher war, ob das wirklich seine Fahrgäste waren, sprang heraus, hielt die Tür auf. Cynthia sagte ihm, wohin er fahren solle, und Missy begann, sie auf die Wange zu küssen, lauter kleine Küßchen. Der Fahrer sah zu. Alles, was ich im Rückspiegel sehen konnte, waren seine Augen. Er übersah eine rote Ampel und fuhr fast in einen anderen Wagen hinein. Cynthias Doorman war leutselig und höflich. Sie mußten mit dem Händchenhalten aufgehört haben.

In der Wohnung ließ Cynthia ihren Gast auf einem Sofa Platz nehmen und sagte, sie würde sicher keinen Tee mehr wollen, wonach sei ihr denn zumute?

«Süßigkeiten.»

Cynthia ging in die Küche und brachte Pfefferminzbonbons mit Schokolade. «Magst du die?»

«Oh, ja.»

«Wie alt bist du, Missy?»

«Jugendschutz.»

«Hat Norma das so gesagt?»

«Sie hat gesagt, sag nicht wie alt. Jugendschutz.»

«Weißt du, was das bedeutet?»

«Oh, ja.»

«Das bezweifele ich.»

«Ich mag dich, Cynthia. Du küßt mich?»

«Das ist nicht mein Ding, Missy.»

«Du küßt mich?»

Ich glaube, an dieser Stelle habe ich Cynthia beeinflußt. Sie streckte eine Hand aus. Missy stand auf und legte die Arme um Cynthia – um uns eigentlich – und küßte sie auf den Mund. Ich glaube, Cynthia legte ebenfalls die Arme um Missy, doch ich war nicht sicher, ihre Augen waren geschlossen. Sie küßten sich lange. Als sie sie wieder öffnete, stand Missy ein wenig entfernt, sah zu Boden und errötete, so glaube ich. Sie führte Cynthia an die Tür zum Arbeitszimmer, dann führte Cynthia sie ins Schlafzimmer. Missy zog Bluse, Hose und Schuhe mit der Grazie einer Tänzerin aus. Ich befürchtete, ihr Körper würde der eines Kindes sein, doch es war der Körper einer Frau, kleine Brüste, die ich erwartet hatte, kaum Schamhaar und sanft gerundete Hüften. Sie half Cynthia, ihre Bluse über den Kopf zu ziehen, und knöpfte ihr den Rock auf, der zu Boden fiel. Cynthia stieg heraus, streifte die Schuhe ab und zog das Höschen herunter. Sie trug niemals einen BH.

Sie legten sich einander zugewandt auf das Bett, Cynthias Hand auf Missys Hüfte, Missys Hand auf Cynthias Wange.

«Was machst du mit Norma?»

«Sie macht.»

«Ich bin mir nicht sicher, was das ist. Möchtest du auf mir liegen?»

«Oh, ja.»

Cynthia hob sie auf ihren Körper, und sie küßten sich. Sie behielten die Augen offen. Ich war so nah an Missy dran, daß ich drei Augen sah, und ich verstand, wo Picassos dreiäugige Frauen herkamen. Eine Zeitlang bewegten sie sich nicht, sie küßten sich nur. Dann schob sich mein Penis aus Cynthias Vagina heraus. Missy muß auf ihr gesessen haben, denn er drang in sie ein. Ich spürte durch meinen Penis, wie sie ihre Hüften bewegte. Sie wurden beide laut, stammelten, stöhnten, schrien. Ihre Stimmen vermischten sich, erreichten ein Crescendo, dann wurden sie still und lagen schweigend da. Mein Penis zog sich zurück. Missy rollte herunter. Außer Atem sagte sie: «Du machst Liebe wie Mann.» «Du auch», sagte Cynthia. Ich wollte brüllen: «Das bin ich, das bin ich!»

Sie lagen Seite an Seite auf dem Rücken, und entweder schlief ich ein wenig, oder es war Cynthia, die schlief. Als ich erwachte oder sie erwachte, sah ich an die Decke.

«Norma wird Sehnsucht nach dir haben, Missy.»

«Du magst Norma?»

«Sie ist nett.»

«Magst du Norma mit uns zusammen?»

«Nein, und du?»

«Ich mag dich und mich.»

«Norma würde dich und mich auch mögen. Du bist Normas Lockvogel. Weißt du, was das bedeutet?»

«Oh, ja.»

«Das bezweifele ich.»

«Cynthia, wir machen es noch mal?»

«Einmal ist philosophisch, zweimal pervers. Weißt du, was das bedeutet?»

«Oh, ja. Wir machen es noch mal?»

Missy bestieg Cynthia und küßte sie.

Rasch, um die Gelegenheit nicht zu verpassen, schob sich mein Penis heraus und drang in Missy ein.

Sie rief Cynthias Namen.

Cynthia rief meinen.

Coitus interruptus

Missy lag schlafend mit ihrem Kopf auf Cynthias Arm, als der Doorman anrief. Cynthia schob Missys Kopf auf ein Kissen und ging in die Küche. Der Doorman meldete zwei Herren an, Dr. Winkle und Mr. Ivo. Cynthia reagierte nicht sofort.

«Miss Darling, sind Sie da?» fragte der Doorman.

«Ja, ich denke nach.»

«Lassen Sie sich Zeit.»

Ich hörte den Doorman sagen: «Sie denkt nach.»

«Lassen Sie sich Zeit», sagte er noch einmal.

«Okay, schicken Sie sie rauf.»

Sie ging wieder ins Schlafzimmer. «Missy, Missy, ich habe Besuch. Du bleibst hier. Komm nicht raus. Verstehst du?»

«Oh, ja.»

Cynthia zog einen Morgenrock an, sah sich prüfend im Spiegel an und schloß die Schlafzimmertür.

Sie öffnete die Tür zum Hausflur. Winkle, der schwitzte, trug einen Anzug. Ivo trug ein Gabardinesportjackett mit getupfter Fliege und ein schwarzweiß gestreiftes Hemd. Statt zu lächeln bleckte er nur seine Zähne und sah aus wie ein Marktschreier. Cynthia bat sie herein, aber nicht, Platz zu nehmen.

«Sie haben uns gemieden», sagte Ivo.

«Wir haben Ihnen Nachrichten hinterlassen...», sagte Winkle.

Ivo schnitt ihm das Wort ab. «Miss Darling, Sie haben

sich bereit erklärt, uns bei unseren Bemühungen zu helfen. Wir gehen davon aus, daß Sie eine verantwortungsbewußte Person sind. Davon abgesehen, daß wir an der Schwelle zu einem historischen Beitrag zum Wohl der Menschheit stehen, müssen wir uns auch um das Wohlergehen der Spieler kümmern, das Ihre eingeschlossen. Wir sind auf Ihre Mitarbeit angewiesen. Verstehen Sie?»

«Oh, ja», sagte Cynthia, wobei sie Missys Stimme nachahmte.

«Gut. Dann seien Sie bitte so freundlich und sagen uns, was Sie für Erfahrungen gemacht haben und wo sich Ben befindet. Wie Sie geht er nicht ans Telefon. In seinem Büro heißt es, sie wissen nicht, wo er ist.»

«Ich auch nicht.»

«Ich auch nicht was?»

«Ich weiß auch nicht, wo er ist.»

«Seit wann?»

«Heute morgen war er nicht mehr da.»

«Einfach so? Haben Sie sich gestritten?»

«Seine Sachen waren noch da.»

Cynthia bemerkte es nicht, aber ich sah, wie die beiden sich Blicke zuwarfen. «Können wir die Sachen sehen?» fragte Ivo.

«Ich habe sie abholen lassen.» Tatsächlich waren sie auf einem Stuhl unter Missys Sachen.

«Sie haben sie abholen lassen, obwohl er auftauchen und sie brauchen könnte?»

«Genau.»

Aus dem Schlafzimmer kam ein Geräusch von jemandem, der gegen etwas gestoßen war.

Winkle verstellte Cynthia den Weg. Ivo öffnete die Schlafzimmertür. Missy stand da, uns zugewandt, die Hände vor dem Mund statt vor ihrer Scham.

Alle erstarrten. Winkle, obwohl Arzt, war nicht imstande, Missy anzublicken. Das Problem hatte Ivo nicht, und er starrte sie nicht nur an, sondern grinste dabei auch. Er hielt den Türkopf fest wie ein Zeremonienmeister, der eine Nummer ankündigt. Missy sah Cynthia (und mich) direkt an, entschuldigend oder voller Angst. Ich glaube, Cynthia genoß die Situation. Sie sah unbekümmert von einem zum anderen.

Ivo sagte: «Nun, da haben wir einen neuen Aspekt. Gratulation zum weiten Spektrum Ihrer Interessen, Miss Darling. Meinen Sie, Sie könnten uns ein wenig darüber erzählen, wie unser Experiment Ihre... Nebenbeschäftigung beeinflußt hat?»

Cynthia ging um Winkle herum und führte Missy in das Wohnzimmer. «Erzähl diesen Herren, womit wir uns beschäftigt haben, Missy.»

«Liebe machen», sagte Missy.

«Ganz einfach. Liebe machen», sagte Cynthia.

«Haben Sie schon vorher mit Miss Darling Liebe gemacht?»

«Oh, ja.»

«War es diesmal besser oder schlechter?»

«Sehr gut.»

«Aber war es besser?»

«Oh, ja.»

«Befriedigt das Ihre Neugierde?» fragte Cynthia.

«Nicht ganz», sagte Ivo.

«Was ist mit Ihnen, Dr. Winkle?»

Winkle, immer noch verlegen, murmelte etwas.

«Okay, Jungs, gute Vorstellung, der Besuch ist zu Ende.» Sie scheuchte Ivo und Winkle Richtung Tür.

«Darf ich fragen, wer diese junge Frau ist?»

«Gehen Sie!»

«Sie werden uns aufsuchen?»

«Klar. Und jetzt gehen Sie!»

«Ich bewundere Ihre Fassung, Miss Darling.»

«Adieu.»

Ivo streckte seine gute Hand aus. Sie schob ihn aus der Tür.

«Danke, daß Sie sich die Zeit genommen haben», waren seine letzten Worte.

Missy mußte gehätschelt werden. Ich hatte gedacht, sie sei durch nichts zu erschüttern, doch sie weinte. Sie schämte sich, daß sie Mist gebaut hatte. Cynthia legte einen Arm um sie und führte sie ins Badezimmer. Sie wischte Missy die Tränen mit einem Taschentuch ab und küßte sie. Missy sah auf und war, glaube ich, drauf und dran vorzuschlagen, wir sollten wieder ins Bett gehen, aber Cynthia zeigte auf die Dusche. Missy nahm Cynthias Hand. «Nein, Missy, allein.»

Puck rief an. «Ist unsere kleine Freundin noch da?»

«Sie ist grad unter...» Cynthia hielt inne.

«Ach, wirklich! Glückwunsch. Norma war etwas hin- und hergerissen, als ihr weggegangen seid. Sie hat Angst, du wolltest sie behalten. Hast du herausgekriegt, warum Norma das macht? Aber sag erst mal, hast du nun, oder hast du nicht? Was Norma anbelangt, so ist es bestimmt keine Großzügigkeit. Sie hat noch nie irgendwem irgendwas geschenkt. Mein Tip ist, daß unsere kleine Freundin ein Lockvogel ist. Was ist dein Tip?»

«Muß los», sagte Cynthia und legte auf. Während das Wasser in der Dusche lief, nahm sie meine Hose und hielt sie sich vor. Sie war fünfzehn Zentimeter zu lang und ging ihr eineinhalbmal um die Taille. Sie legte den Morgenrock ab, zog die Hose an, schnallte den Gürtel fest und krempelte die Aufschläge hoch. Sie zog mein Hemd an und krempelte die Ärmel hoch. Die Hemdzipfel gingen ihr bis zu den Knien. Sie betrachtete sich im Spiegel, stützte die Hände auf die Hüften und runzelte die Stirn wie ein Mann. Missy kam ins Zimmer, wobei sie sich abtrocknete. Sie ließ das Handtuch fallen und zog Cynthias Rock und Bluse an, die ihr ebenfalls zu groß waren. Sie standen nun beide vor dem Spiegel und lachten ein bißchen, so unschuldig, daß ich an zwei Kinder dachte, die sich mit den Sachen ihrer Eltern verkleiden.

«Also gut, jetzt ist aber Schluß mit lustig, wir müssen dich nach Hause bringen, oder es gibt Haue von Norma.»

Missy schmollte.

«Föhn dir die Haare. Zieh dich an. Ich werd ein Taxi bestellen. Nun komm schon. Hopp hopp!»

Das Taxi wartete. Als Cynthia dem Fahrer einen Geldschein gab und Missy begriff, daß Cynthia nicht mitkam, stieß sie einen kleinen Schrei aus.

«Sei ein braves Mädchen», sagte Cynthia, und der Doorman machte die Tür zu. Als das Taxi davonfuhr, blickte Missy durch das Rückfenster. Ich war genauso traurig, wie sie aussah.

Als sie wieder oben war, lief Cynthia verträumt durch die Wohnung. Sie stand minutenlang vor der Cassatt und ließ die Fingerspitzen über das Bild des Kindes gleiten. Sie machte Tee und ließ ihn in der Küche stehen. Sie blätterte in Shakespeares Sonetten, schloß jedoch die Augen, noch ehe sie eins gelesen hatte. Nach einer Weile ging sie unter die Dusche. Während sie sich einseifte, wiegte sie sich hin und her, so daß das Wasser auf die eine Seite traf, dann auf die andere. Sie drehte sich um und wieder zurück. Sie senkte den Kopf, so daß das Wasser ihre Kopfhaut wie eine Kappe bedeckte. Sie seifte sich ein zweites Mal ein, als habe sie das erste Mal vergessen. Als sie ihr Schamhaar einseifte und die Seife zwischen ihre Beine gleiten ließ, prickelte mein Penis wieder. Ich hatte Angst, er würde rauskommen. Ich konnte schon beinahe ihre seifige Hand um ihn spüren. Aber sie würde einen Schreck kriegen, wenn sie ihn wirklich sehen würde. Ich zwang mich, an etwas ganz Ernüchterndes zu denken. Auf Glatteis auszurutschen und mit dem Kopf aufzuschlagen, zu enge Schuhe zu tragen. Ein imaginärer Schlag aufs Auge tat es dann.

Norma rief an. «Es gibt ein Problem, Cynthia. Mir ist ganz gleich, was du und Missy tut, wenn Ihr euren Spaß haben wollt. Aber du hast sie dazu angestiftet, mich anzulügen. Das lasse ich nicht zu.»

«Du irrst dich. Ich stifte niemanden an zu lügen. Ich lüge selbst nur selten, und jetzt bestimmt nicht. Also, wo liegt dein Problem?»

«Missy hat gesagt, daß zwischen euch beiden nichts vorgefallen ist. Ich weiß aber zufällig, daß das doch der Fall war.»

«Wie ich sehe, ist Puck auf der Höhe ihrer alten Tricks.»

«Bist du nun mit Missy ins Bett gegangen oder nicht?»

«Ich vermute mal, Missy hat nein gesagt.»

«Das ist richtig. Ich will dir das erklären. Was wir getrennt voneinander körperlich so anstellen, steht nicht zwischen uns, aber niemals, ich wiederhole, niemals belügen wir uns. Du hast ihr gesagt, sie soll mich anlügen. Antworte auf meine Frage, hast du nun mit Missy geschlafen oder nicht?»

Cynthia legte auf und nahm den Hörer wieder ab, damit keine Anrufe durchkamen. Sie lief in der Wohnung herum, von einem Zimmer ins andere, setzte sich dann neben das Telefon und rief Puck an.

«*Ich* sollte bei *dir* den Hörer auflegen», sagte Puck.

«Ich habe eben von Norma gehört.»

«Hat sie dich zu einem flotten Dreier eingeladen?»

«Hör mal, Puck, Missy hat Norma gesagt, daß nichts vorgefallen sei, und Norma glaubt, ich hätte sie dazu angestiftet. Es ist ihr egal, mit wem Missy fickt, solange sie es Mama erzählt. Du hast sie ins Bild gesetzt. Ich bin sauer auf dich. Ich weiß nicht, was der Dragoner jetzt mit ihr anstellt.»

«Höchst interessant», sagte Puck. «Weißt du, was ich glaube, ich glaube, Missy will keinen Dreier, sie mag dich zu sehr.»

Cynthia knallte den Hörer auf. «Blödes Pack», sagte sie.

Sie ging ins Arbeitszimmer. Von der Wand, die vom Boden bis zur Decke mit Büchern bestückt war, nahm sie einen blauen Band, setzte sich an den Schreibtisch und las flüsternd die erste Strophe von Audens «Wiegenlied».

Leg den schlafend Kopf, mein Lieb,
Menschlich mir auf untreu'n Arm

Ihre Stimme klang reumütig. Dachte sie an Missy? Dachte sie an mich? Ich wollte ihr sagen, es sei alles in Ordnung. Ich sei so untreu wie sie – ich liebe Missy auf dieselbe Weise wie du. Ich wünschte, daß sie noch mehr von dem Gedicht las, aber sie schaute weg. Lange Zeit verharrte sie so. Ihre Aufmerksamkeit war ganz durch ein Gebäude gefesselt, in dem sich die untergehende Sonne spiegelte. Meine Vergebung und mein Mitgefühl mußten sie erreicht haben, denn sie sprang auf, das Buch glitt zu Boden, und sie fing an, Cole Porter zu singen.

So good-bye, dear, and amen,
Here's hoping we meet now and then.
It was great fun,
But it was just one of those things.

Ich dachte gerade, Cynthia sei eine echte Cole-Porter-Figur, als sie, wie um mir zu widersprechen, in die Küche ging und eine Dose Hormel Chili aufmachte, auf dem Etikett als «bohnenscharf» bezeichnet, und während sie wartete, daß das Essen heiß wurde, goß sie sich ein Glas Scotch ein. Sie muß erschöpft gewesen sein – ich war es. Nach dem Essen gingen wir ins Bett und schliefen sofort ein. Ich wachte in der Nacht auf. Ich hatte geträumt, daß Missy wußte, daß ich in Cynthia war und *mich* liebte, ja daß Cynthia ohne mich eigentlich eine leere Schale gewesen wäre. Ich grübelte darüber nach, und mein Penis glitt heraus. Er suchte nicht Missy, er drückte gegen Cynthias Klitoris. Vibrieren reichte nicht. Er dehnte sich aus und zog sich zurück, dehnte sich aus und zog sich zurück. Cynthia erschauerte, und ich ejakulierte, wobei ich mich fragte, wovon sie wohl träumte. Von Missy? Von mir? Von einem Freund aus alten Zeiten?

Eine Untersuchung

Ich wurde vor Cynthia wach. Ich wünschte, ich hätte weitergeschlafen. So wie die Dinge lagen, konnte ich nur über alles nachdenken. Ich dachte über Missy nach. Ich fragte mich, wie es wäre, allein mit ihr zu schlafen. «Liebst du mich?» «Oh, ja.» «Würdest du es gern noch einmal machen?» «Oh, ja.» Ich kam zu dem Schluß, daß es gut für mich war, wenn ab und zu auch mal jemand zu mir sagte, ich solle verduften. Doch mit ihr, sozusagen durch Cynthia, zu schlafen, war etwas ganz Besonderes gewesen.

Schließlich öffnete Cynthia die Augen. Sie sah so rasch auf die Uhr, daß ich nicht feststellen konnte, wie spät es war. So wie das Licht einfiel, neun Uhr, schätzte ich. Wir, oder sie, hatte(n) über zwölf Stunden geschlafen. Sie warf das Laken zurück, setzte sich munter auf und sah, als hätte sie danach Ausschau gehalten, das Ejakulat. Sie rieb ein wenig davon zwischen den Fingern, probierte es aber nicht mit der Zunge.

Nach dem Frühstück bemerkte sie einen Zettel unter der Tür.

«Liebe Ms. Darling,

Ben möchte Sie sehen. Machen Sie bitte einen Termin, um so rasch, wie es Ihnen paßt, in meine Praxis zu kommen.

George Winkle, Dr. med.»

Ich witterte Ivos verschrumpelte Hand.

Sie rief sofort an und bekam Schwester Penny an den Apparat.

«Ja, Miss Darling – darf ich Sie Cynthia nennen? –, der Doktor sagte, je eher, desto besser.»

«Ist Ben da?» fragte Cynthia.

«Wir haben auf alle erdenkliche Weise versucht, Ben aufzutreiben.»

«Hat er angerufen?»

«Wissen Sie nicht, wo er ist?»

«Nicht genau.»

(Was sollte *das* denn heißen?)

«Soll ich Ihnen einen Termin geben?»

«Geht es in einer Stunde?»

Penny senkte die Stimme. «Was ist eigentlich los? Geht es Ben gut?»

«Auf beide Fragen kann ich nur eine Antwort geben: Ich weiß es nicht. Bis gleich.»

Cynthia gab sich große Mühe mit ihrem Make-up. Als sie den Lidstrich zog, sah sie sich direkt in die Augen und zwar so lange, daß mir unbehaglich wurde. Sie schien direkt in meine Augen zu blicken. Vielleicht spürte sie, daß jemand in ihrer Nähe war. Sie erwachte aus ihrer Versunkenheit, lächelte und gab sich im Spiegel einen kleinen Kuß. Oder war der für mich?

In Winkles Vorzimmer nickte sie fragend in Richtung Sprechzimmer.

«Kein Ben», sagte Penny. Sie winkte Cynthia dichter heran und flüsterte: «Ivo ist im Untersuchungszimmer.»

«Versteckt er sich?»

«Lauscht. Cynthia, Sie machen bei dieser Sache mit, oder?» Cynthia nickte. «Passen Sie auf. Die sind so was von geschäftig. Irgendwas ist los. Gehen Sie hinein. Aber seien Sie bloß vorsichtig.»

Winkle forderte sie auf, Platz zu nehmen.

«Sie haben gesagt, Ben sei hier.»

«Miss Darling, wir mußten mit Ihnen sprechen. Das können Sie doch verstehen.»

«Sie haben mich belogen.»

«Nicht ganz. Ich bin sicher, daß Ben Sie sehen möchte.»

«Jeder belügt hier jeden.»

«Bitte, können wir miteinander sprechen? Ich glaube, wenn wir miteinander sprechen, klärt sich alles auf.»

«Und alles wird verziehen?»

«Genau. Und jetzt zu Bens Kleidung. Sie war da, und er war nicht da? Hat das einen Sinn?»

«Glauben Sie, ich lüge auch?»

«Nein, nein. Aber darf ich Sie fragen, haben Sie eine Erklärung dafür?»

«Ja, habe ich, aber Sie werden sagen, ich sei verrückt.»

«Nein, werd ich nicht.»

«Aber Sie werden es denken.»

«Nein.»

«Also gut, sind Sie schon mal eine Straße entlanggegangen und haben ein Paar Schuhe ordentlich dastehen sehen, als wäre gerade jemand aus ihnen herausgeschlüpft?»

«Ja, ich glaube schon.»

«Und haben Sie sich gefragt, was mit der Person geschehen ist?»

«Ja, denke ich doch.»

«Wieso die Schuhe da standen, so ordentlich nebeneinander?»

«Ja.»

«Derjenige ist in den Himmel aufgefahren.»

«Was?»

«In den Himmel aufgefahren. Wie die Jungfrau Maria.»
Winkle saß sprachlos da.

«Wußten Sie, daß das deutsche Wort dafür *Himmelfahrt*
lautet?»

Bis dahin dachte ich, es sei vielleicht ihr Ernst.

«Das kann nicht Ihr Ernst sein, Miss Darling.»

«Hören Sie, warum lassen Sie Ihren kleinen Kumpel
nicht reinkommen? Er glaubt, ich mag ihn nicht. Dabei mag
ich Ekelpakete.»

In diesem Augenblick öffnete sich die Tür zum Behandlungszimmer, und Ivo kam heraus. Wieder war er sportlich
gekleidet und hatte dasselbe erstarrte Grinsen. «Miss Darling, Sie sind ein komischer Mensch, wie Ihr Freund Ben.
Warum versuchen Sie nicht, uns zu helfen, statt uns zu
amüsieren?»

«In Ordnung. Gestern wie heute war, als ich aufwachte,
Sperma auf dem Laken.»

«*Sperma*? Woher wußten Sie, daß es Sperma war?»
fragte Ivo.

«Ich habe es geschmeckt.»

«Sie wissen, wie Sperma schmeckt?»

«Sie etwa nicht?»

Er zischte wirklich. Winkle mischte sich ein. «Haben Sie
irgendwelche Theorien darüber, Miss Darling?»

«Nein. Ich dachte, Sie beide hätten vielleicht eine.»

Ivo warf Winkle einen Blick zu und sagte: «Ich glaube,
Dr. Winkle sollte Sie untersuchen.»

«Sie können meinen Puls fühlen, falls Sie das meinen.»

«Ja, etwas in der Richtung», sagte Winkle. «Gehen wir doch hier rein.»

Cynthia und Winkle gingen in den Behandlungsraum. Obwohl Ivo draußen blieb, hatte Winkle die Tür offengelassen. «Setzen Sie sich bitte hier drauf.» Cynthia setzte sich auf die Untersuchungsliege. Winkle hantierte mit irgendwelchen Instrumenten. «Mal sehen, was es zu sehen gibt.» Durch ein Instrument blickte er in eins ihrer Augen. Ich schloß meins sofort. Er ist uns auf der Spur, dachte ich. Doch er sagte: «Normal.» Er nahm ein anderes Instrument und blickte ihr ins Ohr. «Hm, wir werden Ihnen ein bißchen Blut abnehmen.»

«Tun Sie das nicht!» wollte ich brüllen.

Cynthia drehte den Kopf weg, wie man das so tut. «Machen Sie eine Faust ... Gut, gut ... Wir bleiben einfach einen Moment hier sitzen. Manchen Leuten wird davon schwindlig. Wie fühlen Sie sich?»

«Schwindlig.»

«Bleiben Sie einfach einen Moment sitzen.»

Sie schloß ihre Augen, und ich spürte, wie sie auf die Liege gelegt wurde.

«Okay», sagte Winkle.

Ich hörte, wie Ivo ins Zimmer kam.

«Ist sie weg?»

«Wie ausgeknipst.»

«Die Schlampe.»

«Na, na, hier geht es um Wissenschaft, wissen Sie noch?»

«Machen Sie weiter», sagte Ivo.

Ihr Körper wurde herumgedreht.

Winkle brummte, dann sagte er: «Normal.»

«Lassen Sie mal sehen. Keine Öffnung?»

«Keine», sagte Winkle. «Eine normale, gesunde Klitoris. Wie sehr war die andere vergrößert?»

«Sieben Komma acht Zentimeter», sagte Ivo.

«Gütiger Himmel, so groß! Das würde ich gern sehen.»

«Wir sind hier nicht im Showgeschäft, Winkle.»

«Also, wo kam dann das Sperma her?»

«Wir wissen nur, was sie uns erzählt, Winkle, und wir wissen, daß sie gern Witzchen macht ... und eine Schlampe ist.»

«Das hier ist gefährlich. Ist so eine ähnliche Vergrößerung bei den Tierversuchen aufgetreten?»

«Den Tieren ist nichts passiert.»

«Was wird die andere Frau mit ihrem vergrößerten Organ machen?»

«Der wird schon was einfallen. Jetzt bleiben Sie mal locker, Winkle.»

«Locker bleiben! Es geht um mein Leben, um meine Karriere. Sie, Sie können einfach abhauen. Ich weiß nicht mal, wer Sie wirklich sind. Ich weiß nur, daß Venus ein bizarres und unkalkulierbares Medikament ist.»

«Aber genau daran arbeiten Sie doch, Sie machen es kalkulierbar.»

«Okay, warten Sie draußen. Sie wacht gleich wieder auf. Oder gehen Sie einfach. Vielleicht redet sie ja mit mir.»

«Schicken Sie doch Ihre Sprechstundenhilfe mit ihr nach Hause. Der sagt sie vielleicht, wo Ben ist.»

Ich hörte, wie er fortging. Cynthia wurde wieder herumgeschoben. Sie öffnete die Augen.

«Sie sind ohnmächtig geworden, Miss Darling.»

Mit Winkles Hilfe setzte sie sich auf. «Puh! Wo ist denn das Ekel?»

«Er ist weg. Sie bringen ihn auf die Palme.»

«Warum beschäftigt ein Pharmaunternehmen einen Mann wie den da?»

«Weiß ich nicht. Vielleicht *ist* er das Pharmaunternehmen. Möchten Sie sich gern in mein Sprechzimmer setzen und noch ein bißchen plaudern?»

«Nein. Haben Sie etwas gefunden?»

«Wir machen eine Blutuntersuchung. Aber inzwischen ...»

«Nein, kein Gespräch. Ich gehe.»

«Die Sprechstundenhilfe begleitet Sie.»

«Mir geht es gut.»

«Ich bestehe darauf.»

Im Taxi sagte Penny: «Sie müssen wahnsinnig sein vor Angst wegen Ben.»

«Nein. Wo immer er auch steckt, er ist in Sicherheit und gesund. Das spüre ich einfach.»

Penny hatte so ein offenes Gesicht, daß Cynthia, wie ich, ihr vertraute.

«Ist von den anderen Spielern irgend jemand verschwunden?»

«Der Doc hält den Kontakt zu ihnen. Was haben die da drinnen gemacht?»

«Ich bin ohnmächtig geworden.»

«Wieso?»

«Er hat mir Blut abgenommen, und ich bin ohnmächtig geworden.»

«Warum hat er Ihnen Blut abgenommen?»

«Weiß ich nicht.»

«Haben Sie es gesehen?»

«Ich war doch da.»

«Ich meine, haben Sie gesehen, wie das Blut geflossen ist?»

«Ich glaube nicht.»

«Sind Sie schon mal irgendwann ohnmächtig geworden?»

«Ich war noch nie ohnmächtig.»

«Man fällt nicht in Ohnmacht, wenn einem Blut abgenommen wird, man *fühlt* sich höchstens flau. Er hat Ihnen eine Spritze gegeben.»

«Warum sollte er das tun?»

«Haben Sie ihm irgendwas erzählt, das ihn dazu bringen könnte, Sie ... im Intimbereich zu untersuchen?»

«Hören Sie, es macht Ihnen doch nichts aus», sagte Cynthia und hob ihren Rock vorn bis zur Taille hoch. Sie zog den Hosenbund ihres Höschens nach vorn. «Er hat es mir verkehrt rum angezogen. Sehen Sie hier, das Etikett.»

«Cynthia, der Doc hat nicht das gemacht, was Sie jetzt denken. Dazu ist er nicht der Typ, das garantiere ich Ihnen.»

«Und was ist mit dem Ekel?»

«Der ist lange vor Ihnen rausgekommen.»

«Winkle war allein mit mir?»

«Cynthia, es ist was anderes. Die suchen was. Da wärn wir.» Wir fuhren vor Cynthias Gebäude vor. «Wenn ich zurückkomme, wird der Doktor mich ausfragen. Ich werde sagen, daß Sie groggy waren und nichts gesagt haben. Einverstanden?»

«Einverstanden. Liebe Penny!»

Besucher

Sie ging sofort ins Badezimmer, zog sich aus und untersuchte sich. Unter der Dusche wusch sie sich ihr Schamhaar und die Vagina mit Seife. Weil es so rauschte, konnte ich nicht hören, was sie sagte, aber es klang, als schimpfte sie. Sie schauderte, vor Ekel, denke ich, und seifte sich wieder ab. Ich war sehr gern in intimen Situationen wie dieser mit ihr zusammen. Mein Penis blieb ganz ruhig.

Als sie einen Bademantel anzog, rief der Gouverneur an.

«Cynthia, ich bin in der Stadt. Kann ich vorbeikommen?»

«Aber keine Fummeleien.»

«Absolut nicht.»

Sie fönte sich das Haar. Ich verließ mich darauf, daß sie sich etwas anziehen würde. Nach ein paar Minuten rief der Doorman von unten an, Miss Chee sei bei ihm. «Sie hat keine Schuhe an, Miss Darling, und sie weint.»

«Meinen Sie, sie sollte hochkommen?»

«Ja, Miss.»

«Dann soll sie kommen.»

Cynthia wartete am Fahrstuhl. Missy trug einen Matrosenanzug und warf Cynthia die Arme um den Hals. Der Fahrstuhlführer, zufrieden, daß der Gast willkommen war, schloß die Fahrstuhltür.

«Missy, Missy, komm herein.» Cynthia löste sich aus der Umarmung und führte sie zu einer Couch. «Du siehst sehr süß und seemännisch aus, Missy. Warum weinst du? Möchtest du Tee?» Missy nickte schluchzend. Aus der Küche sagte Cynthia: «Weiß Norma, daß du hier bist?» Als Missy keine Antwort gab, steckte Cynthia den Kopf aus der Tür. «Weiß Norma, daß du hier bist?»

Missy sah hoch wie ein Waisenkind.

«Du hast ihr gesagt, daß nichts vorgefallen ist. Hat sie dir was getan? Missy, antwortest du mir bitte?»

«Wir schlafen miteinander.»

«Ja, wir haben miteinander geschlafen. War Norma wütend? Sie hat gedacht, du hättest sie belogen. Hast du sie belogen? Missy, sag doch was!»

Mit Tränen in den Augen und flehenden Blicken war sie sogar noch schöner. Sie faltete die Hände zusammen wie zum Gebet. Wenn man sie so sah, wollte man nicht mit ihr schlafen, man liebte sie einfach. Cynthia verlor allmählich die Geduld. Sie setzte sich neben sie. «Warum bist du hergekommen? War Norma gemein zu dir?»

«Ich liebe dich.»

«Und ich liebe dich auch, Missy, aber warum bist du hergekommen? Brauchst du Hilfe?»

«Liebe machen jetzt?»

«Um Himmels willen, Missy. Das hat sich so ergeben. It was just one of those things. Weißt du, was das heißt?»

«Oh, ja.»

«Missy, ich hab einen Freund. Ich liebe einen Mann. Verstehst du?»

«Oh, ja. Ich liebe ihn.»

Mir kam der schlimme Gedanke, daß mein Penis gerade so weit hinausschlüpfen könnte, um Cynthia in Fahrt zu bringen, doch ein weiteres Mal war er vernünftiger als ich. Cynthia brachte ihr Tee. «Bleib hier sitzen, ich muß mich anziehen. Verstehst du?»

Sie nickte traurig.

Ich werde bei ihr sitzen, wollte ich sagen.

Sobald Cynthia angezogen war, rief der Doorman wieder an.

«Der Gouverneur kommt rauf, Miss Darling.»

«Woher wissen Sie, daß ich ihn empfangen möchte?»

Schweigen.

«War nur ein Witz... Missy, der Gouverneur ist hier, der Gouverneur des Bundesstaates. Du mußt ein braves Mädchen sein.»

«Oh, ja.»

Cynthia holte den Gouverneur am Fahrstuhl ab. Betont locker, in sportlicher Hose und Tennishemd, versuchte er, sie auf den Mund zu küssen. Sie wich ihm aus, und er erwischte ihre Wange.

«Eine Missy Chee ist da. Seien Sie nett zu ihr. Sie ist völlig durcheinander.»

«Weshalb?»

«Liebeskummer.»

«Wer ist der Glückliche?»

Ich sah an seinem Gesichtsausdruck, daß Puck ihm von Missy erzählt hatte, aber nicht von Missy und Cynthia.

«Missy, das ist der Gouverneur.»

«Oh, ja. Ich liebe ihn.»

«Also ich bin der Glückliche.»

«Missy, liebst du Ben?»

«Oh, ja.»

«Liebst du mich?»

«Oh, ja.»

«Ich würde es also nicht persönlich nehmen, Herr Gouverneur. Was kann ich Ihnen anbieten?»

Er bat um einen Scotch und setzte sich auf die Couch. «Lieben Sie mich wirklich, Missy?»

«Herr Gouverneur», sagte Cynthia aus der Küche, «erst die Arbeit, dann das Vergnügen. Sie weiß ja nicht mal, wo rechts und links ist. Oder, Missy?»

«Oh, ja.»

«Also, worum geht's?»

«Ich glaube, ich mache mit.»

«Sie nehmen Venus?»

«Es ist eher so, daß euer Kumpel Ivo mich um meinen Rat gebeten hat, was ich als Bitte um Protektion interpretiere.»

«Als Gegenleistung für was, Geld?»

«Er nennt es Teilhaber. Ich gebe gern meinen Rat. Andererseits, Cynthia, Gouverneure können heutzutage weit kommen, und ich möchte es mir nicht versauen.»

«Sie wollen Präsident werden.»

«Alle Gouverneure wollen Präsident werden.»

«Was das Geld anbelangt, so ist eine Menge drin. Man hat Ben und den anderen Spielern, soweit ich es mitbekommen habe, eine prozentuale Beteiligung versprochen. Das könnte ein Haufen Geld sein, wenn es einschlägt. Allerdings ist es wahrscheinlich illegal, was die da tun. Wie viele Anteile haben sie Ihnen angeboten?»

«Zwei Prozent.»

«Hat man Ihnen den Namen der Firma genannt?»

«Ich habe Mittel und Wege. Immerhin weiß ich, daß sie sechs Ärzte beschäftigen, die jeweils drei bis fünf Spieler laufen haben. Ich habe ein paar von ihnen durch einen meiner Männer ausfragen lassen. Keiner von denen will reden. Wie wirkt sich das Ding auf Ben aus?»

«Wollen Sie ihn nicht selbst fragen?»

«Ich weiß nicht, wo er ist, und er hat auch schon mal nein gesagt. Warum sagen Sie es mir nicht?»

«Ich sage Ihnen eins, Herr Gouverneur, es wird Ihnen nicht helfen, Präsident zu werden.»

«Angenommen, ich buchte sie ein. Verbotenes Aphrodisiakum, persönlicher Einsatz des Gouverneurs. Das kommt groß in den Nachrichten, und ich wäre ein Held.»

«Ist doch Quatsch. Sie wollen doch das Geld.»

«Stimmt, also helfen Sie mir.»

«Ich kann Ihnen nur sagen, daß es bei Ben gewirkt hat. Er hatte es nicht nötig, aber es hat gewirkt. Sie wollen meinen Rat? Lassen Sie die Finger davon. Ivo ist ein übler Kerl.»

«Ist das alles?»

«Viel mehr weiß ich nicht. Hören Sie, ich möchte einen Moment mit Missy reden. Nein, nein. Bleiben Sie hier. Wir gehen ins Schlafzimmer.»

Sie bat Missy, ihr zu folgen.

«Ist Norma gemein zu dir? Hat sie dir was angetan? Hast du Angst davor, nach Hause zu gehen?»

«Norma hat mich hergeschickt.»

«Dich hierher zu mir geschickt?»

«Um Liebe zu machen.»

«Warum hast du geweint?»

«Ich liebe dich, nicht Norma.»

«Was wirst du ihr sagen?»

«Wir machen Liebe.»

«Wir werden nicht miteinander schlafen, und du wirst wieder lügen?»

«Oh, ja.»

«Weil sie das hören will?»

Missy nickte.

«Missy, wir können nicht miteinander schlafen. Es war sehr nett, aber es ist zu kompliziert. Verstehst du?» Ob sie verstand oder nicht, Cynthia führte sie zurück ins Wohnzimmer.

«Herr Gouverneur, wenn Ihr Wagen unten ist, würden Sie bitte Missy zu ihrer Besitzerin zurückbringen?»

«Da können Sie drauf zählen.»

«Missy, wie alt bist du?» fragte Cynthia.

«Jugendschutz.»

«Haben Sie das gehört, Herr Gouverneur?»

«Sie sind ganz schön hart.»

Nachdem sie fort waren, ging Cynthia in ihr Arbeitszimmer, setzte sich an den Schreibtisch und schrieb auf einen Bogen Briefpapier:

Geld ist das herrschende Prinzip
Geld hält die Liebe in Schwung
Geld redet selten

Es sah aus wie ein Syllogismus mit einer geheimen Logik. Sie wartete auf mehr. Dann schrieb sie:

ist er er oder ist er ich
ist sie sie oder ist sie er
bist du wir

Sie starrte auf diese Fragen. Vielleicht waren sie an mich gerichtet. Zumindest hatte ich das Gefühl, ich könnte sie beantworten. Ihre Hand blieb in der Schwebe, um weiterzuschreiben, aber wieder rief der Doorman an. Sie schreckte bei dem Geräusch zusammen und ließ den Briefbogen in den Papierkorb fallen.

«Ein Mr. Dickey ist hier.»

«Nicht Mister, einfach Dicky», sagte die Stimme zum Doorman.

«Das habe ich gehört», sagte Cynthia. «Darf ich fragen, ist Dicky groß, blond und gutaussehend?»

«Ja, Miss Darling.»

«Ich glaube, er kann raufkommen.»

Sie ließ die Flurtür offen und eilte ins Badezimmer, um sich die Lippen nachzuziehen, sie an einem Papiertuch abzutupfen, sich das Haar aufzulockern und sich von beiden Seiten zu mustern.

«Cynthia!» Er war einfach hereingekommen.

Er war, wie sie gesagt hatte, groß, blond und gutaussehend. Es klingt unbescheiden, aber vielleicht weil er mich an mich erinnerte, mochte ich ihn sofort.

Sie umarmten sich. Sie hielt ihm die Wange hin (das war gut), und er küßte sie. Er hielt sie von sich weg und sagte: «Mein Gott, wie gut, dich zu sehen.» Auf seinem Gesicht lag ein Ausdruck reinster Freude, wofür ich ihn gleich noch mehr mochte.

Sie holte ihm einen Drink. Ich hörte aufmerksam zu, um herauszufinden, was das für eine Beziehung war. Sie fühlten sich offensichtlich sehr wohl miteinander und redeten über alle möglichen persönlichen Dinge. Cynthia fragte nach Tamara, die seine Frau oder seine Freundin sein mochte (das war gut). «Wie immer», sagte er. Er fragte nach ihren Eltern, was bedeutete, daß er kein Verwandter war, und dann fragte er: «Hast du einen Freund?» «Im Moment nicht.» (Das war gut oder schlecht.)

«Das Ganze findet im Freien statt», sagte er, «um sechs. Nicht ganz unter den Sternen. Es wird gegen sieben zu

Ende sein, und wir können einen Happen essen, und dann sehen wir weiter.» (Das war schlecht.)

Es war die richtige Jahreszeit für ein Konzert im Park. Es war trocken, kühl, ruhig. Die Sitze, etwa dreihundert, waren um die Musiker herum angeordnet, die schon auf ihren Plätzen waren, als wir ankamen.

Der erste Geiger stand auf und sagte: «Diese frühen Quartette sind entweder schamlose Plagiate von Haydn oder schamlose Hommagen an ihn. Ein berühmter Musikwissenschaftler hat über sie gesagt: ‹Selbst die schlechtesten Frühwerke sind natürlich von echtem musikwissenschaftlichem Interesse, aber wozu muß man sie spielen und Mozarts Genius beleidigen?› Als ich das gelesen habe, schlug ich meinen Kollegen vor, diese Frage zu beantworten.» Es wurde gelacht und applaudiert. Was folgte, beantwortete allerdings die Frage. War es die Musik, war es das fachkundige dankbare Publikum, oder war es der ganze Rahmen, in dem das Konzert stattfand, mit dem dunkler werdenden blauen Himmel? Oder war es *meine* Lage, im Inneren dieser schönen Frau, die mich dazu auserwählt hatte, so sehr Teil von ihr zu sein wie ein ungeborenes Kind? Ich hörte die Stimme einer Frau hinter uns, die Cynthia fragte: «Habt ihr drei es genossen?» Cynthia drehte sich halb um und nickte. Ich war sicher, daß die Stimme «drei» gesagt hatte.

Sie gingen ins Park Restaurant, das neben dem Zoo im Freien lag, aßen Steaks und tranken Bier dazu. Sie nahm die Zigarette, die er ihr anbot, und rauchte sie wie eine Nichtraucherin. Sie erzählte ihm von den Reden, die sie für den Gouverneur schrieb.

«Die habe ich wahrscheinlich gehört. Sie sind besser als er. Er gilt als Frauenheld. Hat er sich je an dich herangemacht?»

«Ich wäre beleidigt, wenn er es nicht getan hätte.»

«Hast du ihn abblitzen lassen?»

«Es beleidigt mich, daß du fragst.»

«Darf ich fragen, ob ich dir gefehlt habe?»

Ihre Antwort beantwortete auch meine Fragen. «In letzter Zeit nicht, Dicky.» Aus seinen Worten verschwand das Spielerische.

Sie schlenderten im Zoo umher, und er brachte sie nach Hause. Sie fragte ihn höflich, ob er mit heraufkommen wolle, und er sagte nein. Sie dankte ihm für den Nachmittag. Er sagte, er würde anrufen, wenn er das nächste Mal in der Stadt sei. Oben hatte ich sie für mich allein, und während der Nacht kam mein Penis heraus, und wir liebten uns.

Noch zwei Testikel

Am nächsten Morgen weckte uns das Telefon um zehn Uhr.

«Cynthia, hier ist Penny. Haben Sie ihn gefunden?»

«Winkle hat Sie nicht etwa gebeten, mich das zu fragen, oder?»

«Nein, er hat gerade einen Patienten namens Philip Spore ins Krankenhaus gebracht. Spore ist einer der Spieler. Er kam vor kurzem mit einer schrecklichen Beule am Kopf herein. Seine Frau hat ihm mit einer Lampe eins über den Schädel gezogen. Gestern war der andere, Felix Murphy, hier und wimmerte bloß. Wir mußten ihm eine Spritze geben. Der Doc wollte, daß ich ihn nach Hause bringe, aber ich muß ein schreckliches Gesicht gemacht haben, denn er hat ihn selbst nach Hause gebracht. Das tun Ärzte sonst nie. Cynthia, geht es Ihnen gut? Ich mach mir Sorgen. Was ist los mit Ben?»

«Mir geht's gut. Es passieren merkwürdige Dinge, aber ich fühl mich gut.»

«Und Ben?»

«Ich bin sicher, es geht ihm auch gut.»

«Woher wissen Sie das?»

«Ich weiß es einfach.»

«Er könnte krank irgendwo liegen. Cynthia, glauben Sie, ich könnte Schwierigkeiten kriegen, weil ich das nicht gemeldet habe? Muß aufhören. Der Doc ist zurück.»

Cynthia rief den Gouverneur wegen Pennys Anruf an.

«Ja, ich habe die Namen hier, Spore und Murphy. Keiner von beiden wollte mit dem Mann, den ich geschickt habe, reden. Hören Sie, vielleicht könnten Sie mir helfen und ein paar von den Leuten aufsuchen? Mein Mitarbeiter hat die wahrscheinlich verschreckt. Und Sie wissen, was man die fragen muß.»

Cynthia war einverstanden. Der Gouverneur brauchte eine Weile, um sich für zwei Personen zu entscheiden. Peter Knokl und Gerald Füster – mit Umlaut. Beide wohnten im selben Viertel.

Knokl antwortete, als sie anrief, mit einer tiefen, heiseren Stimme, wogegen Cynthia eine wunderbare, kokette Stimme hatte. Als ich hörte, wie sie ihm erklärte, was sie wollte, spürte ich, wie schwer es war, ihr zu widerstehen. Und richtig, Knokl erklärte sich bereit, sie zu treffen. Gerald Füster war Buchhalter. Sie machte mit seiner Sekretärin einen Termin für die Mittagszeit aus.

Knokl wohnte zwei Häuser weiter in einem wuchtigen, ansehnlichen Gebäude. Im Erdgeschoß befanden sich nur Arztpraxen. Ich hoffte, sie würde ihn in einer dieser Praxen antreffen, aber er hatte eine Wohnung. Knokl, etwa um die Vierzig, war furchterregend, die Wangen und das Kinn dunkel von einem ausrasierten Bart. Er hatte sehr lange Arme, und seine Hände waren bis zu den Gelenken schwarz behaart. Er hatte eine lange Oberlippe und kleine, eng beieinander stehende Augen. Er benahm sich allerdings recht galant und sprach auch so. Höflich zeigte er auf einen Sessel für Cynthia und setzte sich ebenfalls. «Meine liebe Miss Darling – welch ein passender Name! –, wie schön, daß Sie gekommen sind. Ja, ich spreche mit Ihnen vielleicht über unser kleines Projekt. Aber Sie müssen mir erzählen, was Sie bereits wissen, und, natürlich, wie Sie auf mich gekommen sind.»

Sie erklärte ihm, daß sie von einem Freund von der Testreihe gehört hatte, der, wie er, einer der Spieler sei.

«Und was interessiert Sie nun selbst daran?»

«Ich bin gebeten worden mitzumachen.»

«Ah! Sie wollen wissen, worauf Sie sich einlassen würden. Das ist nur recht und billig. Ich nehme also an, daß Sie auch Patientin von Dr. Klein sind. Nun» – er zupfte an seiner kleinen, platten Stupsnase mit den merkwürdig auffallenden Nasenlöchern –, «was wollen Sie wissen?»

«Ich frage Sie das jetzt nur, weil ich es attraktiv finde, aber sind Ihre Hände immer schon so ... behaart gewesen?»

Er lächelte seine Hände an, als wären es Haustiere. «Seitdem ich zwölf, dreizehn war. Ja, Frauen finden das attraktiv. Es verkörpert für sie, glaube ich, eine gewisse *Urtümlichkeit*.» Er lächelte jetzt Cynthia an.

«Mr. Knokl, hat schon jemand anderes mit Ihnen ein Gespräch geführt?»

«Ich hoffe, Miss Darling, Sie sind keine Autorin, die auf ein Exklusivinterview aus ist. Sie verstehen, daß jemand in meiner Position lieber nicht öffentlich mit der Testreihe in Verbindung gebracht werden möchte.»

«Ich schreibe nicht darüber, ich gebe Ihnen mein Wort.»

«Sehr gut. Sie wollen also wissen, was passiert, wenn Sie mitmachen. Nun, was mich anbelangt, so fand ich es *stärkend* und *kräftigend*, obwohl das Eigenschaften sind, die bei mir kaum einer Steigerung bedürfen. Wenn Sie verstehen, was ich meine.»

Cynthia nickte.

«Darf ich Ihnen etwas zu trinken anbieten, Miss Darling?»

Sie schüttelte den Kopf. Ich fragte mich, ob sie Angst hatte.

«Venus hat sich als *regressionsfördernd* erwiesen. Hat Ihr Freund die Testreihe als *regressionsfördernd* erlebt?»

«Ich glaube nicht.»

«Eher stärkend und kräftigend.»

«Ich meine schon.»

«Miss Darling, wir wollen offen miteinander reden. Ist dieser Freund ein *intimer* Freund? Ich meine, haben Sie die Wirkung von Venus, in gewissem Sinne, aus nächster Nähe zu spüren bekommen?»

«In gewissem Sinne.»

«Ah!» sagte er, und ein Grunzen kam aus seinem Mund. Cynthia sprang von ihrem Sessel auf und wich in das Zimmer zurück. Vornübergebeugt, die Knöchel knapp über dem Teppich, bewegte er sich behende zwischen Cynthia und der Tür hin und her. Sie wich wieder zurück, diesmal in die entgegengesetzte Richtung. Er trieb sie im Zickzack an eine Wand und schnüffelte, ohne sie zu berühren, an ihrem Kleid. Cynthia fing an zu lachen. Knokl blickte auf, verblüfft. Sie lachte weiter. Er hörte auf zu grunzen. Langsam richtete er sich auf. Immer noch lachend – ich wußte nicht, ob es ein hysterisches Lachen war – lief sie an ihm vorbei, ging zur Tür und verließ die Wohnung. Als sie auf den Fahrstuhl wartete, blickte sie in einen Spiegel. Sie war nicht hysterisch, sie war amüsiert.

Sie fragte den Doorman, womit Mr. Knokl seinen Lebensunterhalt verdiente.

«Er ist Philosoph», sagte der Doorman.

«Irgendeine besondere philosophische Disziplin?»

«Nein, ganz normal», sagte er.

Cynthia ging bis zum Mittag spazieren und mußte dann nicht warten, um Gerald Füster zu sprechen. Als die Sekretärin sie in sein Büro führte, erhob er sich, wobei er die Hände hinter dem Rücken verschränkt hielt. Er war sehr blaß und hatte dunkle Ringe unter den Augen. Grau gekleidet, wie er war, sah er weniger wie ein Buchhalter aus als wie einer, der die Kunden in einem altmodischen Warenhaus begrüßt.

«Miss Darling. Miss . . . ?»

«*Cynthia* Darling.»

«Cynthia Darling, ja. Nehmen Sie doch bitte Platz. Zunächst die wichtigsten Angaben.» Er holte aus einer Schublade ein Klemmbrett und legte es nicht auf den Schreibtisch, sondern auf seinen Schoß. «Adresse und Telefon bitte.» Nach jeder Auskunft sagte er: «Ja.»

«Beruf?»

«Redenschreiberin.»

«Wie interessant! Der Arbeitgeber?»

«Der Gouverneur.»

«Des Bundesstaates?»

«Des Bundesstaates.»

«Und wer hat Sie empfohlen?»

«Man könnte sagen, der Gouverneur.»

«Der Gouverneur! Na dann!»

«Mr. Füster, bevor das jetzt noch weitergeht, muß ich etwas erklären. Ich bin nicht hier wegen einer Stelle in der Buchhaltung, ich möchte mit Ihnen über den Test sprechen, an dem Sie teilnehmen.»

Auch wenn es kaum möglich schien, er wurde noch blasser. «Der Test, an dem ich teilnehme?»

«Der Sexpillentest, an dem Sie teilnehmen.»

«Der Sexpillentest, an dem ich teilnehme?»

Sie wartete, er starrte sie an. Er hielt sich die Hand vors Gesicht und legte sie gleich wieder in den Schoß. Es verging noch mehr Zeit. Schließlich sagte er: «Ich habe nicht gewußt, ich schwöre Ihnen, ich habe nicht gewußt, daß er illegal ist.»

«John Fott hat Sie aufgesucht, nicht wahr?»

«Hat *er* dem Gouverneur von mir erzählt?»

«Mr. Füster, John Fott arbeitet nicht für die FDA. Er wurde geschickt, um Sie einzuschüchtern, damit Sie schweigen. Der Gouverneur ist einfach nur neugierig wegen des Tests. Sie haben geschworen – jetzt schwöre ich. Können wir nun reden?»

Wieder wartete er. Dann: «In Ordnung. Es wird mich erleichtern, mit jemandem zu sprechen. Es ist die Hölle.» Wieder hielt er sich die Hand vors Gesicht, und dann verschwand sie wieder. «Ich habe mich darauf eingelassen, das Medikament zu nehmen, weil ich dachte, es würde mir helfen ... jemanden zu finden.»

«Einen Sexualpartner?»

«Ja, einen Sexualpartner.»

«Sie hatten also keine Potenzprobleme.»

«Nein! Ich hatte bloß keine ... Frau.»

«Und Sie haben gedacht, Venus würde Ihnen zu einer verhelfen.»

«*Ja!*»

«Und das hat es nicht.»

«*Nein!*»

«Nun, wenn ich so sagen darf, Mr. Füster, ich weiß auch nicht so recht, wie man das von Venus allein erwarten kann.»

«Das verstehe ich *jetzt* auch. Nur bin ich jetzt schlimmer dran als zuvor.»

«Inwiefern, Mr. Füster?»

«Ich werde es Ihnen zeigen.»

Er kam hinter dem Schreibtisch hervor und hielt die Hände ausgestreckt, mit den Handflächen nach oben.

«Ja? Und?»

«Die Haare! Die Haare!»

«Da sind keine Haare, Mr. Füster.»

Er ballte die Hände zur Faust. «*Die* haben Sie geschickt, nicht wahr? Die haben Angst vor einem Prozeß, nicht wahr? Gut, dann versichern Sie denen, daß ich nicht klagen werde. Wie sollte ich Klage erheben? Was habe ich schon für Beweismittel? Das hier?» Wieder streckte er die Hände aus. «Ich habe das noch niemandem gezeigt. Sie haben es gesehen, mein Hund hat es gesehen. Sonst niemand. Die verklagen? Umbringen könnte ich die.»

Cynthia stand auf. «Mr. Füster, bitte suchen Sie einen Arzt auf, jemand anderen als ihren jetzigen Arzt. Erzählen Sie ihm die ganze Geschichte. Ich bin sicher, jeder gute Arzt wird Ihnen die Haare entfernen.»

«Glauben Sie das?»

«Ich weiß es.»

«Vielleicht, vielleicht.»

Als Cynthia ging, rieb er sich die Hände, als wasche er sie.

Als sie wieder zu Hause war, schrieb Cynthia die Gespräche auf, so wie ich sie wiedergegeben habe. Sie schloß mit den Worten: «Der Erstaunliche an der Sache ist, daß Haar in beiden Fällen eine Rolle spielte, obwohl mir die Bedeutung von Füsters eingebildetem Haarwuchs schleierhaft ist. Passen Sie auf, Herr Gouverneur, für manche ist Venus eine Katastrophe.»

Einer der Anrufe, die Cynthia an diesem Abend erhielt, kam von meinem Vater. Er stellte sich ihr vor und sagte, er mache sich Sorgen um mich. Ich reagiere nicht auf Anrufe. Mein Büro wisse nicht, wo ich sei. «Er hat seiner Mutter und mir immer Bescheid gesagt, wenn er wegfährt. Aber er hat uns von Ihnen erzählt, Cynthia.» Was die Sache verschlimmere, sagte er, sei die Tatsache, daß er Dr. Winkle angerufen habe und der sich ebenfalls sorge. «Bens Mutter ist der intuitive Typ. Sie macht sich keine Sorgen, aber das hält mich nicht davon ab, mir Sorgen zu machen, ich bin der Sorgentyp.»

«Ich bin sicher, es geht ihm gut», sagte Cynthia.

«Er versteckt sich nicht unter Ihrem Bett, oder?»

«Ich schau mal nach.» Sie legte den Hörer ein paar Sekunden lang hin. «Sie haben recht!»

«Er ist da?»

«Nein, Sie haben recht, er ist nicht da. Bitte machen Sie sich keine Sorgen. Sobald ich von ihm höre, rufe ich Sie an.»

«Und kommen Sie uns besuchen.»

«Aber gern.»

«Ben sagte, Sie sind zum Anbeißen.»

«Das bin ich irgendwie auch.»

Das erinnerte ihn an seinen Obstgarten, und er erzählte jetzt von den Freuden des Landlebens. Vater war charmant, wenn er entspannt war. Sie beruhigte ihn noch einmal und versprach ihm erneut, mit mir zusammen zu Besuch zu kommen.

Cynthia trug ihren blauen, knöchellangen Morgenrock mit den langen Ärmeln. Dann und wann erhaschte ich einen Blick auf sie, wenn sie sich in einem Fenster spiegelte oder an einem Spiegel vorüberging. Sie hatte nicht nur feine Züge, ihr Lächeln, ihre ganze Mimik waren ausdrucksvoll und beseelt. Jede ihrer Bewegungen war voller Anmut. Sich eine Locke aus der Stirn streichen – sie tat es wie eine Zauberin. Mehr noch als nach der Berührung ihrer Haut sehnte ich mich danach, sie immer anschauen zu können.

Sie machte Tee und setzte sich mit dem Becher an den Küchentisch. Abgesehen davon, daß sie gelegentlich einen Schluck nahm, rührte sie sich nicht. Sie dachte nach. Plötzlich stand sie auf, ging ins Schlafzimmer, öffnete den Morgenrock, legte sich ein Kissen auf den Bauch und band es mit einer blauen Seidenschärpe fest. Während sie sich im Schrankspiegel musterte und sanft das Kissen streichelte und betätschelte, war sie ganz in Gedanken. Sie lehnte sich zurück, um die richtige Körperhaltung zu finden, und watschelte auf den Spiegel zu. Sie war eine ausgezeichnete Schauspielerin. Dann streckte sie sich auf dem Bett aus, legte den Kopf auf das eine Kissen, faltete die Hände bequem über dem Kissen auf ihrem Bauch und schlief ein. Genau wie ich.

Hart auf hart

Am nächsten Morgen rief der Doorman an. Cynthia war schon aufgestanden und angezogen. «Miss Darling, zwei Männer vom FBI.»

«Geben Sie her», hörte ich einen von ihnen sagen. «John Fott hier, FBI, und Agent Bosco. Wir möchten mit Ihnen sprechen.»

«Okay. Sagen Sie dem Doorman, es ist in Ordnung.»

An die Tür kam derselbe Mann, der sich schon als John Fott von der FDA vorgestellt hatte, in Begleitung eines Schlägers mit beginnender Glatze. Sie zeigten ihr kurz ihre Brieftaschen, und sie ließ sie herein. Sie bat sie, Platz zu nehmen, und bot ihnen Kaffee an. Agent Bosco sagte: «Klar.» Fott warf ihm einen Blick zu, der besagte, daß *er* die Entscheidungen traf. Sie brachte Tassen und Sahne und Zucker herein. Warum gab sie sich so freundlich, oder war das ein Trick?

Fott spulte die FDA-Rede herunter, korrigiert für das FBI. «... Miss Darling, wir suchen nach einem Mann, der dabei ist, ein illegales Medikament zu testen. Wir gehen davon aus, daß er Ihr Freund ist. Er ist verschwunden, und es ist lebenswichtig, daß wir ihn finden. Wenn Sie wissen, wo er ist, und sich weigern, es uns mitzuteilen, muß ich Sie darauf hinweisen, daß Sie sich möglicher strafrechtlicher Verfolgung aussetzen.»

«Werden Sie mir meine Rechte verlesen?»

«So weit ist es noch nicht, Miss Darling.»

«Mist! Ich wollte immer schon mal meine Rechte verlesen bekommen.»

«Das ist kein Witz, Miss Darling. Ein weiterer Grund, weshalb wir nach Ihrem Freund suchen, ist, daß wir glauben, seine Gesundheit könnte von dem illegalen Medikament beeinträchtigt worden sein. Sie könnten sein Leben retten.»

«Hören Sie, vielleicht weiß ich, wo Ben ist, und vielleicht auch nicht. Doch zunächst möchte ich Ihnen ein paar Fragen stellen. Zum Beispiel, was hat es mit den ‹Haaren› an Gerald Füsters Händen auf sich?»

Agent Bosco lachte brüllend.

«Woher wissen Sie das?» fragte Fott.

«Zuerst meine Frage.»

«Mir steht es nicht frei, über Einzelheiten der Untersuchung zu sprechen. Ich muß Sie nochmals fragen, wo ist Ihr Freund?»

«Mir steht es vielleicht nicht frei, über meinen Freund zu sprechen.»

«Darf ich Ihr Telefon benutzen?»

Sie zeigte auf den Apparat neben ihm. «Anruf beim Häuptling?» fragte sie.

«Fott hier. Stellen Sie mich durch ... ich bin bei Cynthia Darling, Sir. Sie ist nicht kooperativ. Ich empfehle dringend, daß sie abgeholt wird, um eine Aussage zu machen ... Ja, ja ... Jetzt.» Er legte den Hörer auf. «Miss Darling, Sie haben es gehört. Wir möchten, daß Sie eine förmliche Aussage machen, in der Sie zu Protokoll geben, daß Sie wissen, wo Ihr Freund ist, oder nicht wissen, wo er ist. Unter Eid.»

«Gewiß. Gehen wir.» Sie waren ebenso überrascht wie ich darüber, daß es so einfach war. Was tat sie nur? Was dachte sie sich dabei?

Auf der Straße vor dem Gebäude sagte Cynthia mit lauter Stimme zu dem Doorman, der noch größer war als der Schläger: «Mike, das hier sind Mr. Fott und Mr. Bosco. Sie behaupten, vom FBI zu sein. Sie würden nicht zulassen, daß sie mich entführen, nicht wahr?»

«Sie entführen? Nein, Miss Darling. Was wollt ihr Penner?»

Sie rannten bis zur Mitte der Straße und winkten sich ein Taxi heran.

«Wer waren diese Typen, Miss Darling?»

«Versteckte Kamera. Danke, Mike.»

Als sie in die Wohnung zurückkam, klingelte das Telefon. «Cynthia, Penny. Gott sei Dank. Sind die noch da? Ein Mann, der sich Fott nannte, hat gerade den Doktor angerufen. Ich habe gelauscht. Er wollte Sie irgendwohin bringen. Was ist passiert?»

«Ich habe ihm angst gemacht.»

«Ihm angst gemacht? *Ich* habe Angst. Der Doc ist abgerauscht. Ich glaube, er ist dahin gefahren, wo die Sie hinbringen wollten. Es geht allmählich hart auf hart, Cynthia. Die glauben, daß Ben etwas zugestoßen ist, was das Geschäft vermasseln könnte. Hauen Sie ab! Fahren Sie irgendwohin!»

Cynthia eilte ins Schlafzimmer, holte ein paar Dinge aus meinen Taschen, faltete meine Kleidung zusammen und stopfte alles in eine Reisetasche. Sie packte außerdem eine Bluse, einen Rock, Höschen und Kosmetik ein, steckte meinen Schlüssel in ihr Portemonnaie und ging hinaus.

Auf dem Trottoir sagte der Doorman: «Alles in Ordnung, Miss Darling?»

«Mike, würden Sie meine Post aufbewahren, bis ich wiederkomme?»

Ich hätte eigentlich wissen müssen, wo sie hinfahren würde, aber ich war doch überrascht, als sie dem Taxifahrer meine Adresse nannte.

Sie ging langsam durch meine drei Zimmer und schaute sich dies und das an. Sie legte die Sachen aus meinen Taschen auf die Kommode, zusammen mit den Socken und der Unterhose, und den Anzug hängte sie in den Schrank. Gut, daß kein Geschirr in der Spüle stand. Sie schüttete saure Milch in den Ausguß, drückte an einem Laib Brot herum, roch an Würstchen aus dem Kühlschrank und warf sie weg. Ganz wie eine Ehefrau, dachte ich. Ach, wäre sie bloß meine Ehefrau, dachte ich.

Sie setzte sich an meinen Schreibtisch, zog die Schuhe aus und legte die Füße auf die Tischplatte und schlug meine Ausgabe von «The Oxford Book of English Prose» auf. Sie ließ das Telefon läuten und hörte Haydn. Zum Abendessen schnitt sie sich Tomaten klein und einen Apfel und leerte eine Flasche Zinfandel. Es war, als hausten wir in einer Hütte im Wald.

Irgendwann in der Nacht wachte ich auf. Das Türschloß wurde geknackt. Ich versuchte, mich bemerkbar zu machen, doch erst als die Kette gesprengt wurde, erwachte sie und schreckte hoch. Sie wußte sofort, was vor sich ging, schlüpfte aus dem Bett und legte sich darunter. Sie brauchten eine Weile, bis sie zum Schlafzimmer vordrangen. Wir konnten nichts sehen, doch an den Stimmen hörte ich, daß es Fott und Bosco waren.

Fott: «Der Typ hat sich davongemacht.»

Bosco: «Ich kann hierfür zwei bis fünf kriegen.»

Fott: «Das bringt der Job so mit sich.»

Bosco: «Ja, bei dir vielleicht. Du hast noch nicht gesessen. Bei mir zwei bis fünf.»

Fott: «Nichts hier. Mach mal den Schrank auf. Okay, gehen wir.»

Bosco: «He, schau mal.»

Fott: «Na und, eine Uhr. Finger weg, du mieser Idiot.»

Bosco: «Leck mich am Arsch.»

Ich bezweifele, daß sie viel Schlaf bekam, aber ich fühlte mich viel zu wohl, um wach zu bleiben.

So früh wie möglich, wie mir schien, wählte sie eine Telefonnummer und erreichte Pucks Anrufbeantworter in der Stadt. Dann rief sie in der ollen Hütte an und bekam sie an den Apparat.

«Puck, kann ich in deiner Wohnung hier in der Stadt bleiben?»

«Selbstverständlich, Darling. Du darfst sogar Jungs mit raufnehmen oder Mädchen. Was ist los?»

«Hat der Gouverneur dir von Venus erzählt?»

Eine Pause entstand. Wahrscheinlich hatte er sie gebeten, nicht darüber zu sprechen. «Ja. Hat es damit zu tun?»

«Ja, damit. Ich erklär's dir später. Sag dem Gouverneur, wo ich hinfahre, machst du das?»

«Ich werd im Haus anrufen. Die geben dir den Schlüssel. Nimm dir, was du brauchst. Koks ist in einer Puderdose über dem Waschbecken im Badezimmer.»

Als sie meine Wohnung verließ, stieß sie unten auf dem Treppenabsatz auf den Vermieter. Er bemerkte die Reisetasche und grinste. Er dachte wahrscheinlich, daß sie den Junggesellen im zweiten Stock besucht hatte, der andauernd erklärte, wie gut er bei den Frauen ankam.

Sie war gerade erst in Pucks Wohnung angekommen war, da rief der Gouverneur an. Sie erzählte ihm, was passiert war.

«Okay, rühren Sie sich nicht von der Stelle. Ich werde einen Mann in der Eingangshalle postieren. Alles in Ordnung mit Ihnen?»

«Ich bin ziemlich erschrocken.»

«Es gibt jede Menge Alkohol, und wenn es etwas Besonderes sein darf...»

«Hat sie mir gesagt.»

«Die kleine Teufelin.»

Sie *war* eine Teufelin. Um sieben Uhr abends wurden Norma und Missy Chee durch das Haustelefon angekündigt, und sie brachten chinesisches Essen und Champagner mit. Norma sah lebhaft und beutegierig aus, Missy wirkte ängstlich, aber froh, Cynthia zu sehen. Norma hatte sie in eine maßgeschneiderte Pfadfinderuniform gesteckt, komplett mit Feldkappe. Norma küßte Cynthia auf die Wange, Missy küßte sie auf die Lippen. Ich schmeckte es beinahe.

«Ein übereifriger kleiner Mann in der Eingangshalle hat uns gefragt, was wir im Schilde führen», sagte Norma. «Ich habe gesagt, Schildbürgerstreiche, und da hat er uns durchgelassen. Soll sich da einer auskennen. Versteckst du dich hier?»

«Gewissermaßen. Ich bin am Verhungern.»

«Und durstig?»

«Absolut.»

«Versteckst du dich vor deinem Freund, Cynthia?»

«Wie wär's, wenn wir was essen würden?»

Wenn man Norma etwas besser kannte, war sie gar nicht so schlimm. Energisch, guter Teint, klare Augen, Grübchen im Kinn. Man konnte in ihrem Gesicht den Geist ihres reichen republikanischen Vaters erkennen.

Missy war eine Meisterin mit den Eßstäbchen. Beim gebratenen Reis mit Krabben legte Norma ihre Hand auf die Cynthias. «Mein Schätzchen hier hat sich nach dir verzehrt. Sie wollte unbedingt herkommen. Hast du dich auch nach ihr verzehrt, Cynthia?»

Missys asiatische Augen wurden rund. Die Eßstäbchen blieben mitten in der Luft hängen.

«Ich habe Missy gesagt, daß ich jemanden liebe, und zwar ausgerechnet einen Mann. Ich mag sie sehr, sie ist sehr schön, aber ich verzehre mich nicht nach ihr und auch nicht nach irgendeiner anderen Frau.» Tränen liefen Missy über die Wangen. «Und ich finde es grausam von dir, sie hierherzubringen, damit sie es noch mal hört.»

«Na, das ist doch mal Klartext. Also, Missy, Kopf hoch. Du hast ja immer noch mich.»

Missy seufzte. Die Tränen hörten nicht auf zu fließen.

«Das mach ich nicht mit», sagte Cynthia. Sie kam um den Tisch herum und legte ihre Wange an Missys Wange. Missy sagte: «Ich liebe Cynthia.»

«Ich liebe dich auch, Missy. Aber es wird so bleiben müssen, wie es ist, du mit Norma, ich mit Ben.»

«*Du* bist die Grausame», sagte Norma.

«Quatsch. Du hast doch nicht im Ernst erwartet, damit irgend etwas zu erreichen, oder?»

«Du kannst mir den Versuch nicht verübeln. Du bist eine aufregende Schönheit, Cynthia. Und manchmal funktioniert es.»

«Man sollte dich einsperren wegen Ausbeutung billiger asiatischer Arbeitskraft.»

«Billig wohl kaum, oder, Missy? Oder, Schätzchen?»

«Oh, ja», sagte Missy mit gesenktem Kopf.

«Ist auch die Liebesszene vorbei», sagte Cynthia, «bin ich doch immer noch hungrig.»

Missy interessierte sich nicht mehr für das Essen. Als wäre nichts geschehen, erzählte Norma eine Geschichte aus ihrer Studentinnenzeit an einem College für Frauen an der Ostküste, nämlich wie sie die Dekanin verführt habe. «Oder vielleicht war es umgekehrt.»

Beim Abschied schoß Norma noch eine Spitze ab: «Du willst bestimmt nicht, daß ich sie hierlasse?»

«Oh, ja», sagte Missy.

«Oh, nein», sagte Cynthia.

Nachdem sie fort waren, erforschte ich mein Gewissen. Missy tat mir leid, und ich fühlte mit ihr. Auch sie liebte Cynthia. Doch es tat mir auch leid, daß wir drei wohl nie mehr in einem Bett zusammenkommen würden. Dabei fühlte ich mich kein bißchen untreu. Ist das nun unvernünftig?

Wurfsendung

Von Pucks Gebäude sah man auf einen kleinen Park mit einem Tor, den nur die Anwohner nutzen konnten. Nach einer Dusche und einem Frühstück aus aufgewärmtem chinesischem Essen nahm Cynthia Pucks Schlüssel zum Park, ging hinunter und sperrte das Tor auf. Eine Bank war schon besetzt, von einem Mann, der Zeitung las. An der Art, wie Cynthia die Hände flach auf die Bank legte, konnte ich erkennen, daß sie die Aussicht und den Duft genoß. Sie saß einige Zeitlang dort, wobei sie hin und wieder den Mann ansah, der sich hinter seiner Zeitung verbarg. Fast auf mein Drängen hin erhob sie sich und ging auf ihn zu. Ich erkannte Fotts glänzende Korduanlederschuhe. Je näher sie kam, desto mehr versteckte er sich. Als sie direkt vor ihm stand, versuchte sie, über die Zeitung zu spähen. Er hob sie höher, und sie verließ rasch den Park.

«Entschuldigung», sagte sie zum Doorman, «kann jemand Fremdes einfach in den Park gelangen?»

Der Doorman rieb Daumen und Zeigefinger aneinander.

In der Wohnung rief sie den Gouverneur an.

«Da draußen ist ein Mann.»

«Woher wissen Sie das?»

«Glauben Sie mir. Ich wüßte gern, wie die mich gefunden haben.»

«Ich nehme an, die haben zwei und zwei zusammengezählt.»

«Warum sind die hinter mir her?»

«Ich weiß mit Sicherheit, daß sie Ihnen die Geschichte über Ben nicht abgekauft haben, insbesondere die Sache mit der Kleidung. Auf seine abgedrehte Weise ist Ivo außer sich. Sie müssen verstehen, wenn Ben irgendwas passiert, könnten Sie die größten Schwierigkeiten kriegen. Und passieren *kann* alles. Sie haben den Gorilla und den chronischen Masturbanten gesehen.»

«Ach, deshalb die Idee mit den haarigen Handflächen! In Ordnung, angenommen, Ben ist etwas passiert, was könnten die schon machen?»

«Beweise vernichten.»

«Sie machen mir angst, Herr Gouverneur.»

«Cynthia, sagen Sie mir aufrichtig, wissen Sie, wo er ist?»

«Gott im Himmel noch mal!»

«Das ist keine Antwort. Okay, Sie sollten da lieber verschwinden. Fahren Sie irgendwohin. Nehmen Sie ein Taxi zu einem Restaurant, verlassen Sie es durch einen anderen Ausgang. Nehmen Sie ein zweites Taxi. Fahren Sie herum. Schauen Sie, daß man Ihnen nicht folgt. Verstanden?»

«Was ist mit Ihrem Mann in der Eingangshalle?»

«Beachten Sie ihn nicht. Sie machen nur einen kleinen Spaziergang. Vielleicht haben die ihn ja schon erwischt.»

«Sie machen mir wirklich angst.»

«Tun Sie, was ich sage. Es wird schon gutgehen.»

Sie holte das Telefonbuch aus dem Nachttisch, ging die Hoteleinträge durch, kreuzte ein paar an, legte das Telefonbuch wieder zurück und ging ans Wohnzimmerfenster. Eine wohlgeformte Frau stand vor Fott, den Arm herrisch erhoben. Was immer sie sagen mochte, Fott schien zu kuschen. Cynthia rief im Club an. Ja, sie hätten ein Zimmer. Sie schlenderte aus dem Gebäude, blickte nach links und nach rechts, ging zwei Ecken weiter, blieb stehen, als hätte sie etwas vergessen, blickte sich um, ging bis zur nächsten Ecke und stieg dann in ein Taxi. «La Côte d'Azur», sagte sie. Als das Taxi ankam, sah sie die Straße hinunter, und richtig, zwanzig Meter weiter blieb ein besetztes Taxi stehen, und niemand stieg aus. Fott war nicht unterzukriegen.

Im Restaurant fragte Jean, ob sie einen Tisch wünsche.

«Ich brauche Ihre Hilfe, Jean.»

«Was immer es ist, Mademoiselle.»

«Ich versuche, einen Mann abzuschütteln, der mir folgt.»

«*Une affaire du cœur?*»

«*Aussi de la peur.*»

Er brachte sie durch die Küche zu einem Ausgang, der auf eine rückwärtige Gasse und eine andere Straße führte.

«Ist der Mann gefährlich?»

«Hartnäckig ist wohl das treffendere Wort.»

«Sich zu verlieben ist leichter als das Gegenteil.»

«La Rochefoucauld?»

«*Très bien*, Miss Darling.»

Als sie die schwere Tür des Clubs öffnete, seufzte sie vor Erleichterung. Es war immer ein sicherer Ort, elitär, aber fröhlich, reich, aber gemütlich.

Der Doorman schenkte ihr sein besonderes Lächeln. «Ich höre, Sie ziehn ein, Miss Darling.»

«Sieht so aus, Amos.»

«Hier ist der Schlüssel. Nummer sechs. Brauchen Sie Hilfe beim Gepäck?»

«Ich habe die Gästezimmer noch nie gesehen.»

«Einfach raufgehen. Sie werden schon sehn. Nummer sechs.»

Sie ging zunächst in den Speisesaal und an den Gemeinschaftstisch, wo Mitglieder, die allein aßen, mit Mitgliedern essen konnten, die ebenfalls allein aßen. Heute waren es acht oder neun, alles Männer. Sie erhoben sich, mit den Servietten in der Hand, als sie sich setzte. Viele Mitglieder, selbst frauenfreundliche, waren der Meinung, daß der Gemeinschaftstisch, wie auch die Bar, eine rein männliche Domäne bleiben sollten. Dennoch wurden sie mit Cynthia, war sie doch so außerordentlich weiblich, warm, besonders der Mann neben ihr, ein massiger Typ, der ein Glas Wein und einen Whiskey pur vor sich stehen hatte.

«Eigentlich stellt man sich hier nicht vor, weil sich angeblich alle kennen, aber ich heiße Jack Sweetser, und Sie sind ...?»

«Ich glaube, ich habe meinen Namen unten vergessen.»

«Wir können ihn ja auch später holen», sagte er, doch er wandte seine Aufmerksamkeit nun seinem Gegenüber zu.

Ein weiterer Clubmythos besagte, daß alle Mitglieder gleich waren. In Wirklichkeit gediehen die Klassenschranken. Verachtung für andere wurde im Club regelrecht kultiviert. Nachdem sie ein Sandwich verzehrt und einen Kaffee getrunken hatte, stand Cynthia auf. Die Männer erhoben sich. Sie war als letzte gekommen und ging als erste.

Auch ich hatte die Gästezimmer noch nie gesehen. Nummer sechs war gemütlich, es gab einen Schreibtisch, auf dem Clubbriefpapier lag, einen Sessel, einen Wandschrank, ein Einzelbett, ein bescheidenes Badezimmer, Dusche, keine Badewanne. Mühe hatte man sich mit der Auswahl der etwa fünfzig Bücher gegeben, über Geschichte, Abenteuer, Sport, Männerbücher, würde man sagen. Bücher von Clubmitgliedern trugen auf dem Rücken einen Aufkleber mit dem Abzeichen des Clubs, einem flüchtig skizzierten Bacchus.

Es klopfte an der Tür. Cynthia öffnete, ohne zu fragen,

wer dort sei. Jack Sweetser stand da, einen frischen Drink in der Hand.

«Darling, Sie haben einen schönen Namen.»

«Danke», sagte sie und schloß die Tür.

Nach fünf Sekunden klopfte er nochmals. Sie tat nichts, und er ging.

Sie zog Bluse und Rock aus. Wie gewöhnlich trug sie keinen BH, aber sie hatte ein Höschen an. Sie suchte sich ein Buch aus, wie es schien, aufs Geratewohl, und legte sich auf das Bett. Was immer es war, es interessierte mich nicht, und selbst wenn das der Fall gewesen wäre, sie las zu schnell für mich. Ich glaube, ich schlief ein.

Ich oder wir wurde oder wurden durch einen Anruf von Puck geweckt.

«Wie hast du mich gefunden?» fragte Cynthia.

«Hab ich mir so gedacht.»

«Das tun offenbar alle.»

«Wie sind die Zimmer, interessant?»

«Einzelbett, falls du das meinst.»

«Ich komm einfach zum Abendessen rüber, oder? Du erzählst mir dann, was los ist.»

«Um acht?»

«Um acht.»

Der Club hatte ein Komitee von Weinexperten, der Keller war mit dem besten ausgestattet, günstig eingekauft. Was das Essen anbelangte, so bestellte man besser, wie wir sagten, defensiv.

«Du siehst wie eine Million Dollar aus», sagte Cynthia.

«Aber in zerfledderten Scheinen. Also die fiesen Typen von der Sexpille sind hinter dir her. Ich muß dir sagen, der Gov glaubt, daß du weißt, wo Ben ist.»

«Ich hoffe, er läßt sich nicht weiter auf diese Leute ein. Die Sache ist nicht koscher, sie ist ein Flop.»

«Kein völliger Flop, wenn ich es richtig verstehe.»

«Na ja, vielleicht.»

«Wie vielleicht? Was bewirkt die Pille bei dir und Ben?»

«Bestellen wir erst mal was.»

Puck, und infolgedessen auch Cynthia, waren exklusive Mitglieder. Tony, der Chefbutler, nahm sich persönlich ihrer an.

«Meine Damen, darf ich Ihnen Erbsensuppe oder Sellerieremoulade und den Rinderschmorbraten empfehlen?»

«In Anbetracht der Lage», sagte Puck, «nehmen wir den Pouille fuissé und für mich Schinkensteak mit Bratkartoffeln.»

«Für mich das gleiche», sagte Cynthia.

«Weder du noch Ben wollen darüber reden.»

«Würdest du über dein Sexleben mit dem Gouverneur reden?»

«Jederzeit.»

«Also gut, vielleicht eines Tages, wenn alles vorbei ist.»

«Bist du auf Ben fixiert?»

«Bis daß der Tod uns scheidet.»

«Beschwör es nicht.»

Cynthia bemerkte es nicht, doch an einem Tisch in einer Nische bediente John Fott, unverkennbar, in der Clubuniform, mit einer blonden Perücke und einem angeklebten buschigen braunen Schnurrbart.

Cynthia gab Puck an der Tür einen Abschiedskuß und kehrte in Zimmer sechs zurück. Sie verschloß die Tür und summte Cole Porters «I get a Kick Out of You», während sie sich auszog und ins Bett ging.

Wie groß war die Gefahr, in der sie schwebte, wirklich? Wenn sie sie in die Finger kriegten, würden sie sie unter Drogen setzen, um sie zum Reden zu bringen. Da sie ihnen nicht sagen konnte, was sie wissen wollten, könnte es gefährlich werden. Ich mußte wieder rauskommen. Doch ich war so perfekt eingepaßt, daß ich nicht einmal wußte, wo meine Körperteile waren – in ihren Armen und Beinen? Frei schwebend? Ich hatte nur meine Augen unter Kontrolle. Ich begann mit dem Versuch, meine Finger zu bewegen. Es war, als wäre ich trunken und betäubt. Durch äußerste Konzentration gelang es mir, die Finger an ihre Oberschenkel zu pressen, zumindest kam es mir so vor. Ich zog ein Bein an. Cynthia stöhnte. Als ich den Kopf vorbeugte, konnte ich nicht mehr durch ihre Ohren hören. In völliger Stille beugte ich ihn weiter vor, dann meine Schultern, den Oberkörper, wie ein Schwimmer unter Wasser, der auf den Grund hinabtaucht. Die Hände an der Seite, preßte ich mit dem Kopf kraftvoll gegen den Uterus. Es hörte sich an, als würde ich hinausgleiten. Meine Arme waren frei. Ich öffnete die Augen und arbeitete mich heraus. Meine erste Sorge galt ihrem Zustand. Ich ließ mich zu Boden auf Hände und Knie fallen und stand dann auf. Sie lag auf dem Rücken, die Beine gespreizt, die Augen geschlossen. War sie verletzt? Ich setzte mich neben sie. Sie atmete. Sie streckte die Arme aus und zog mich an sich, neben sich auf das schmale Bett. Sie drückte meinen Kopf an ihre Brust und schob mir eine Brustwarze in den Mund. Soweit ich weiß, hatte ich noch nie Muttermilch geschmeckt. Sie war dünnflüssig und süß. Wir schliefen ein, wobei sie die Arme um mich gelegt hatte, als wolle sie verhindern, daß ich aus dem Bett fiel. Im Laufe der Nacht erwachte ich, und sie gab mir die andere Brust. Ich hatte kein Verlangen danach, mit ihr zu schlafen. Das war genug Liebe.

Am Morgen küßte sie mich auf die Stirn und nahm mich, ohne ein Wort zu sagen, mit unter die Dusche. Sie seifte sich und mich von Kopf bis Fuß ein, und als wir aus der Dusche traten, trocknete sie mich fürsorglich ab. Wir setzten uns Seite an Seite auf das Bett, und sie bot mir ihre Brust. Ich hielt den Mund geschlossen. Bei Tageslicht schien es mir nicht recht zu passen.

«Dafür bist du also zu groß», sagte sie.

Während sie sich anzog, saß ich mit gefalteten Händen auf dem Bett, und sie sang etwas auf Deutsch. Wieder küßte sie mich auf die Stirn. «Nun sei schön brav, und ich bring dir eine Überraschung mit.» Sie schloß die Tür hinter sich ab. Ich probierte meine Stimme aus. Zuerst kam nichts heraus als das Wort *heraus*.

Sie war sehr schnell wieder da. Ich sprang auf und wollte sie umarmen, doch sie faßte mich am Oberarm und drückte mich wieder aufs Bett.

«Schau, was ich dir mitgebracht habe.» Aus einem Einkaufsbeutel nahm sie eine Milchtüte, steckte einen Strohhalm hinein und hielt sie mir an den Mund. Ich trank alles aus. Dann holte sie meine Kleidung aus der Tasche.

«Du warst in meiner Wohnung, nehme ich an.»

«Natürlich. Komm, ich helfe dir.»

«Das kann ich allein.» Ich schnappte mir die Kleidung.

«*Du* hast aber eine Laune.»

«Die wissen, daß du hier bist», sagte ich. «Fott war gestern abend im Speisesaal.»

Sie sagte nichts, was mich in meinem Gefühl bestätigte, daß sie verstand und doch nicht verstand, wo ich gewesen war.

Ich legte die Kleidung weg und versuchte, sie in die Arme zu nehmen.

«Nein, nein, zieh dich an. Wir gehen zum Mittagessen ins Tiptop.» Dieses Touristenrestaurant, im obersten Stock des höchsten Gebäudes der Stadt, war berühmt für seinen Schokoladenkuchen, der mit drei Sorten Eis serviert wurde.

«Mir ist La Côte d'Azur lieber.»

«Wirklich, was du nicht sagst!»

In der Eingangshalle warf Amos einen Blick aufs Schwarze Brett, auf dem zu sehen war, welche Mitglieder sich im Gebäude aufhielten, und sagte zu mir: «Wie sind Sie hier reingekommen? Wohl hinten herum. Morgen, Miss Darling.»

Im Restaurant sagte Jean: «*C'est l'homme*, Miss Darling?»

«*Il parle français*, Jean.»

«Verzeihung, Monsieur.»

Cynthia wies auf einen Tisch in der Mitte des Raums.

Ich sagte: «Wie wär's mit einem Tisch an der Wand?»

«Nein. Der da.»

Jean umsorgte uns, als wir Platz nahmen, und fragte, ob wir einen Drink wollten.

«Monsieur nimmt ein ...»

«Scotch mit Eis», sagte ich.

Sie blickte mich vollkommen überrascht an und sagte: «In Ordnung, zwei, Jean.»

«Mir einen doppelten», sagte ich.

«*La même chose*, Miss Darling?»

«Warum nicht.»

Sie bestellte Ris de veau aux chanterelles et xéres, Kalbsbries in Sherrysauce mit Pfifferlingen. Bevor sie für mich bestellen konnte, sagte ich, ich wolle die Daurade grillée aux beurre d'herbes, Goldbrasse mit Kräuterbutter. «Hamham», sagte sie. Gott, war sie schön. Es tat so gut, sie wiederzusehen.

Sie schien anzunehmen, daß ich genau wußte, was alles passiert war. «Wenn wir zurück sind, rufen wir deinen Arzt an und sagen ihm, daß es dir gutgeht. Wir können ihn doch heute zum Abendessen einladen, dann kann er sich selbst davon überzeugen. Er kann sogar das Ekel mitbringen.»

Als wir wieder im Club waren, sagte Amos: «Miss Darling, wir meinen, Sie hätten es in Zimmer drei bequemer.»

«Worin besteht der Unterschied?»

«Es ist ein Doppelzimmer.»

«Ich wußte gar nicht, daß der Club so etwas anbietet.»

«Nur wenn beide Mitglieder sind, Miss Darling.»

Zimmer drei unterschied sich nicht sehr, besaß nur ein

größeres Bett und eine Badewanne mit Dusche. Und die Bücher handelten nicht nur von Jagd und Football, es gab eine Jubiläumsausgabe von «Vom Winde verweht» und die «Sonette aus dem Portugiesischen» von Elizabeth Barrett Browning.

Cynthia rief den Gouverneur an. «Ben ist wieder da ... Nein, weiß ich nicht ... hat er nicht gesagt ... habe ich nicht gefragt ... Ben, er will mit dir reden.» Sie reichte mir das Telefon. Ich machte ihr ein Zeichen, daß sie mithören sollte. Sie zog sich einen Stuhl heran, und wir lauschten gemeinsam in den Hörer.

«Wo zum Teufel sind Sie gewesen?»

«Unterwegs.»

«Sie sind ein schweigsames Arschloch, oder etwa nicht?»

«Manchmal.»

«Also gut, die Loverboys sitzen mächtig in der Scheiße. Eins ihrer Versuchskaninchen namens Filmore kriegt den Schwanz nicht mehr runter. Er hat versucht, ihn kurz und klein zu ficken, aber er wurde so groß, daß er ihn nicht mehr reinkriegte. Also haben ihm die Loverboys eine geräumigere Gespielin geschickt. Er hat sie gefickt und gefickt, aber das Ding wollte nicht runter. Schließlich konnte er nicht mehr ficken, weil es weh tat. Dann schmerzte es richtig. Der Doktor befürchtete Wundbrand und sagte ihm, er solle damit sofort in die Praxis kommen. Der Typ mußte sich einen Rollstuhl und einen Krankenwagen besorgen. Der Doktor ließ den Schwanz ein bißchen bluten, was ihm eine gewisse Erleichterung verschaffte, aber dann stand er doch wieder. Sie zapften ihm wieder Blut ab und so weiter. Schließlich mußten sie ihm Transfusionen geben. Sie hatten Angst davor, ihn in ein Krankenhaus zu bringen, deshalb ist er zu Hause mit einer Pflegerin rund um die Uhr. Es geht noch weiter. Eine Frau namens Hopewell hat das Mittel genommen, um ihre Lust auf Sex zu steigern. Ihr Problem war, daß Sex sie einen feuchten Dreck interessierte. Doch statt ihre Lust auf Sex zu steigern, steigerte es die aller anderen, jedenfalls dachte sie das. Jeder Mann, der sie sah, wollte sie ficken. Also ging sie Männern aus dem Weg. Dann wollte jede Frau sie ficken, dann jedes Tier. Sie hat ihre Katzen ausgesperrt. Jetzt läßt sie sich Essen ins Haus bringen und an der Tür abstellen. Wie ist es Ihnen ergangen? Irgendwas Idiotisches dieser Art?»

«Alles ist in Ordnung, Herr Gouverneur.»

«Rufen Sie auf jeden Fall die Loverboys an und sagen Sie ihnen, daß Sie wieder da sind.»

«Das habe ich auch vor.»

«Geben Sie mir mal wieder die Dame.»

«Schon da, Herr Gouverneur.»

«Haben Sie zugehört?»

«Sie sind immer so amüsant, Herr Gouverneur.»

«Ich hab keine Witze gemacht, die haben wirklich Probleme.»

«Ich hoffe, Sie haben sich von denen getrennt.»

Ich überließ ihr das Gespräch, streifte mir die Schuhe ab und legte mich auf das Bett. Ein paar Stunden später wachte ich in der Abenddämmerung auf, Cynthia lag neben mir. Ihr Mund war leicht geöffnet, ihr Atem roch süß wie Klee. Ich schob meine Zunge zwischen ihre Lippen. Im Halbschlaf öffnete sie ihre Bluse. Ich setzte mich auf. Sie versuchte, meinen Kopf herabzuziehen. Ich kroch außer Reichweite. «Hast du geträumt?» fragte ich.

«Ein wunderschöner Traum! Ein Mann im Park gab mir zwei Luftballons, die mich in den Himmel trugen. Wie spät ist es? Dein Arzt wird um halb acht hiersein.»

«Wir haben Zeit», sagte ich. «Hör mal, unsere Phantasien sind sehr unterschiedlich, deine und meine. Ich will mit dir schlafen, und du willst mich stillen.»

Sie setzte sich auf und gab mir eine Ohrfeige.

«Cynthia, das habe ich nicht verdient.»

Sie sah verwirrt aus. «Tut mir leid. Hast du wirklich nicht. Es ist nur, weil du weg warst.»

«Also, jetzt bin ich wieder da.»

«Küß mich, Ben.» Sie hielt mir die Wange hin.

«Was hast du heute morgen gesungen?»

«Bachs Kaffeekantate. Bestell doch bitte welchen. Ich muß wach werden.»

Winkle brachte das Ekel mit zum Abendessen. Sie trugen beide blaue Anzüge und weiße Hemden. Winkle drückte mir herzlich die Hand und sagte, wie froh er sei, mich wiederzusehen. Ivo starrte mir tief in die Augen. «Sie sehen fit aus, Ben.»

«Wie ein Turnschuh. Sie dagegen sehen mitgenommen und verstört aus.»

«Ja, in der Tat. Und aus guten Gründen.»

Wir führten sie zu einem Drink in die Bibliothek und dann hinauf in den Speisesaal.

«Ah, Miss Darling», sagte der Chefbutler, wobei er vergaß, daß auch ich ein Mitglied war, «wo möchten Sie denn gerne sitzen?»

«Wo wir ungestört sind, Tony. Wir haben Geschäftliches zu besprechen.»

Seine Augenbrauen hoben sich. Eine der Clubregeln untersagte, im Speisesaal über Geschäfte zu reden.

«Nichts Ernstes», sagte Cynthia.

Die Augenbrauen gingen wieder hoch.

Ivo und Winkle gingen uns voran. Ich stieß Cynthia an und deutete mit dem Kopf auf Fott, der in der Ecke einen Tisch deckte.

«Tony», sagte Cynthia, als er uns die Speisekarten reichte, «schicken Sie uns den Kellner mit dem buschigen Schnurrbart.»

Wieder hoben sich die Augenbrauen.

Falls Ivo und Winkle wußten, was auf sie zukam, zeigten sie es nicht. Fott kam an den Tisch.

«Was empfehlen Sie uns heute abend?» fragte Cynthia.

Fott stellte sich hinter sie, um die Speisekarte zu lesen. Seine Wahl fiel auf das erste Entree, und er sagte: «Maryland Krabbenpastete.»

«Ein Hunds*fott*, wer sie nicht mag, doch ich vertrag sie nicht. Was sonst?»

Fott wurde rot.

«Was sonst?»

Fott sagte nichts.

«Oh, also Krabbenpastete.»

Statt zu bestellen, prustete ich und lachte.

«Krabbenpastete für den Herrn», sagte Cynthia.

Fott machte militärisch kehrt und marschierte aus dem Speisesaal. Ich lachte weiter. Tony schickte einen anderen Kellner, der wissen wollte, was vorgefallen war. Cynthia gab vor, sich über mein Verhalten zu wundern.

Ich sah, daß Winkle Cynthia für ihren Stil bewunderte, doch Ivo war wütend. Er wartete, bis die Wassergläser gefüllt waren und der Wein serviert war.

«Miss Darling, unser kleines Projekt schwebt in Gefahr, und damit auch Ihre Beteiligung. Ich verstehe, daß Sie nicht an dem Geld interessiert sind, aber Sie wollen doch Ihrem Freund seinen Anteil nicht vorenthalten, oder?»

«Vielleicht.»

«Wir haben gravierende Probleme.»

«Wie den nicht zu erweichenden Pimmel?»

Ivo runzelte die Stirn. «Miss Darling, unsere Bemühungen sind kostenaufwendig, besonders in dieser Phase. Die Geldgeber wollen deutliche Fortschritte sehen. Sie und Ben gehören zu unseren erfolgreichsten Testpersonen. Würden Sie mit den Geldgebern sprechen?»

«Sie brauchen Rückenstärkung.»

«Sie sind befriedigt, oder etwa nicht?»

«Bezaubert.»

«Und Sie, Ben, wurden Sie auch bezaubert?»

«Das ist das richtige Wort.»

«Werden Sie also tun, worum ich Sie bitte?»

Wir schwiegen.

«Ich kann Ihren Anteil verdoppeln.»

«Das ist immer noch weniger als das, was der Gouverneur kriegt», sagte Cynthia.

«Also daher haben Sie es.»

«Unter anderem.»

«Unter anderem! Also, ich kann Ihnen sagen, daß Sie von Winkles Sprechstundenhilfe nichts mehr erfahren.»

Ich schaltete mich ein. «Lassen Sie sie in Ruhe!»

Cynthia legte die Hand beschwichtigend auf die meine. «Wir sind an Ihrem Vorschlag nicht interessiert.» Und zu mir: «Laß uns verschwinden.» Dann zu Ivo: «Wir fahren jetzt in meine Wohnung. Nur damit Sie wissen, wo wir sind.» Auf dem Weg nach draußen sagte sie zu Tony: «Füttern Sie die Tiere da.»

In der Eingangshalle bat sie Amos, ihre Sachen zu ihr nach Hause bringen zu lassen.

«Schade, daß Sie wieder gehen, Miss Darling. Nette junge Paare kriegen wir nicht so oft.»

«Was kriegen Sie denn?»

«Vor kurzem, in Zimmer drei, zwei verheiratete Herren.»

«Aber beide Mitglied.»

«Ja, Ma'am.»

Draußen auf der Treppe sagte Cynthia: «Du bist doch sicher am Verhungern.»

«Ich war ganz auf die Krabbenpastete eingestellt.»

«Dann mal los!» Sie winkte ein Taxi herbei und gab dem Fahrer die Adresse.

Als ich uns Scotch eingoß, war sie schon unter der Dusche.

In einem Nachthemd kam sie heraus, führte mich ins Schlafzimmer, zog mir das Jackett aus, band mir die Krawatte ab, löste die Schnürsenkel an meinen Schuhen, kroch ins Bett und hielt das Laken auf. Ich legte mich neben sie. Sie öffnete das Nachthemd und legte meinen Kopf an ihre Brust. Was sollte ich machen? Ich trank, und um Sex ging es nicht mehr.

In Gedanken

Am nächsten Morgen rief der Gouverneur an. Wie gewöhnlich hatten wir beide das Ohr am Hörer.

«Also, wo hat das Arschloch gesteckt?»

«Hat er mir immer noch nicht gesagt.»

«Hat er es *Ihnen* nicht gesagt, oder sagen Sie es *mir* nicht?»

«Vorsicht, Herr Gouverneur, er ist wieder da.»

«In Ordnung, kommen Sie her, aber dalli, und bringen Sie den Vermißten mit. Ich möchte von Angesicht zu Angesicht mit ihm reden. Mein Wagen wird in einer Stunde dasein.»

Ein paar Minuten später rief Penny an. «Cynthia? Ich bin heute morgen in die Praxis gekommen, und der Doc hat mich gefeuert. Er hat gesagt, es würde ihm überhaupt nicht passen, wenn ich irgendwem irgendwas über Praxisangelegenheiten erzähle. Haben Sie ihm was erzählt?»

«Die haben es einfach erraten. Haben Sie jetzt Angst?»

«Ja.»

«Wie wär's, wenn Sie für ein paar Tage in die Villa des Gouverneurs einziehen würden?»

«Des Gouverneurs? Unseres Gouverneurs?»

«Seien Sie in einer Stunde hier bei mir. Er wird Ihnen gefallen. Sie werden ihm gefallen.»

Penny hatte sich zurechtgemacht. Rosa Hose, rosa Bluse, ein altmodisches Schildpattbarrett, unter das sie ihr schmutzig-blondes Haar gestopft hatte. Daß sie sich Sorgen machte, ließ sie schlanker erscheinen und machte sie schöner, sie war mehr als nur hübsch. Sie fiel Cynthia um den Hals.

«In die Gouverneursvilla? Wirklich?»

«Und zwar *all inclusive*, mit Gouverneur.»

Auf der Fahrt aus der Stadt erzählte Penny uns, daß Winkle und Ivo ständig am Telefon waren. Sie hatte sie belauscht, wann immer sie konnte. Anscheinend gab es lauter Katastrophen. Ein Spieler, ein Mann, war festgenommen worden, weil er sich im Zoo, im Vogelhaus, entblößt hatte.

Der Gouverneur, ganz in Weiß, bis zu den Schuhen, empfing uns auf den Stufen seiner Villa. Als Penny aus der Limousine stieg, war er einen Augenblick lang verwundert, dann lächelte er sie herzlich an und zwinkerte ihr zu. Cynthia erklärte ihm Pennys Lage. Der Gouverneur nahm Pennys Hand. «Sie werden es hier guthaben, kleine Lady. Ich werde Ihr persönlicher Leibwächter sein.»

«Wow!»

Als wir es uns in dem Zimmer bequem machten, das der Gouverneur seinen Hobbyraum nannte – ich entdeckte ein Cembalo und ein Musikpult, wahrscheinlich von einer früheren Regierung –, sagte er, die Loverboys fingen an, unangenehm zu werden. «Die haben mich in der Hand.»

«Ach, Sie haben sich bereit erklärt, denen zu helfen», sagte Cynthia.

Der Gouverneur wandte sich an Penny: «Kleine Lady, halten Sie zu mir?»

«Aber ja, Herr Gouverneur.»

«Ich alter Arsch sitz nämlich ganz schön in der Tinte. Wir an der Spitze haben eine Menge Freunde, aber auch eine Menge Feinde. Wollen Sie meine Freundin sein?»

«Ja, Herr Gouverneur.»

Ich fragte, was die Loverboys von ihm verlangten.

«Die Versuchskaninchen einsammeln und in Schutzhaft nehmen. Mehr oder weniger heimlich.»

«Sie bekämen ein Amtsenthebungsverfahren an den Hals.»

«Ich käme ins Gefängnis. Die haben Angst, daß noch ein Versuchskaninchen so was macht wie der Typ, der im Vogelhaus seinen Schwanz rausgeholt hat. Er hat der Polizei erzählt, daß der so dick wurde, daß er ihn einfach rausholen mußte. Sie fragten ihn, was er im Vogelhaus zu suchen habe, und er sagte, er hätte Vögel einfach gern. Die Zeitung hat angedeutet, daß sein Schwanz wirklich riesig war. Ein Augenzeuge sagte, der Typ hätte ins Elefantenhaus gehört. Aber nun sagen Sie mal, Ben, wo haben Sie gesteckt? Und jetzt sagen Sie bloß nicht, sie waren ‹unterwegs›.»

«Gouverneur, das Medikament kann sehr seltsam wirken, wie Sie schon wissen. Es ist sehr schwer zu erklären.»

«Machen Sie einen Versuch.»

«Es war wie ein Traum. Mir fehlen die Worte.»

«Und Sie wissen nicht, wo er war?» fragte er Cynthia.

«Eigentlich nicht.»

«Scheiße, und wie steht's mit dem Sex? Ben, wird Ihr Schwanz riesengroß oder was?»

«Es ist jedesmal anders.»

«Cynthia, ich frage Sie, wird sein Schwanz riesengroß?»

«So ist es nicht.»

«Wie ist es denn?»

«Nett.»

«Nett! Sein Schwanz ist nett?»

«Es ist eine sehr nette Erfahrung. Herr Gouverneur, Penny weiß mehr darüber als ich.»

«Stimmt das, kleine Lady?»

«Ja, ich weiß ein paar Dinge, Herr Gouverneur.»

«Und Sie sind nicht zu zartbesaitet, sie mir zu erzählen?»

«Nein, Sir.»

«Okay, ihr beide könnt in euer Liebesnest zurückkehren und weitervögeln.» Er wedelte uns hinaus. Als wir gingen, klopfte er auf die Couch. «Kommen Sie her und reden Sie mit mir, kleine Lady.» Penny sprang zu ihm hinüber.

In der Limousine fragte Cynthia den Fahrer, ob die Frau des Gouverneurs nicht dasei. Er blinzelte ihr im Rückspiegel zu.

In den Zwei-Uhr-Nachrichten sahen Cynthia und ich einen Bericht über die Festnahme im Vogelhaus. Richterin Saralee Sugarman wurde auf den Stufen des Gerichtsgebäudes gezeigt, wie sie erklärte, weshalb sie den Vogelmann nicht auf Kaution freilasse. «Offengestanden», sagte sie, «die Behauptung, daß sein eingequetschtes Glied ihm Beschwerden bereitet habe, ist nicht wasserdicht. Das Gericht ist verpflichtet, die Öffentlichkeit vor Sexualstraftätern zu schützen, und solange ich nicht von der Harmlosigkeit dieses Mannes überzeugt bin, bleibt er in Haft.» Der Rechtsanwalt des Vogelmannes, Alphonse Springer, hatte zuvor erklärt: «Würde man jemanden festnehmen, weil er auf einen Weg uriniert, und ihm dann keine Kaution gewähren? Ich glaube nicht. Ich bin der Meinung, Richterin Sugarman ist bloß erschrocken über die angebliche Größe des Gliedes meines Mandanten. Ich werde beim Gouverneur des Bundesstaates, der Richterin Sugarman ernannt hat, Einspruch erheben. Bis auf weiteres habe ich meinem Mandanten den Rat gegeben, jedem Einschüchterungsversuch durch die Polizei zu widerstehen.» Als Richterin Sugarman über seinen Kommentar informiert wurde, sagte sie, daß Mr. Springer, der ihres Wissens auch als Berater eines pharmazeutischen Privatunternehmens fungiere, ernstlich Gefahr laufe, wegen Beleidigung des Gerichts belangt zu werden.

Ich saß auf Cynthias Schoß und sagte, daß wir dem Gouverneur gegenüber vielleicht offener sein sollten.

«Nie im Leben. Ich kenne ihn. Er ist ein Mann im mittleren Alter mit einer schmutzigen Phantasie, der bloß seinen Spaß haben will.»

«Ich nehme an, daß er in diesem Moment seinen Spaß hat. Ich hätte selbst nichts gegen ein bißchen Amüsement.»

«Hast du Hunger?»

«Nicht auf etwas zu essen, Darling.»

«Nun, *Darling*, soll ich mit dir ins Kino gehen?»

«Weißt du, was ich möchte, was ich wirklich möchte?»

Sie schob mich von ihrem Schoß. «Geh doch ein bißchen spazieren, ein bißchen frische Luft schnappen.»

«Du meinst, ich soll wandern gehen?»

«Nein, das meine ich nicht.» Sie gab mir einen Klaps auf den Po, ging in ihr Arbeitszimmer und machte die Tür zu.

Ich goß mir ein Glas Milch ein und tat, was sie gesagt hatte. Ich ging in den Park und setzte mich an den Modellbootteich, einen kreisrunden, künstlichen See, um den ein Pfad aus Schieferplatten führte und vor dem Holzbänke standen. Jungen unterschiedlichen Alters und ein paar Mädchen und Erwachsene schauten zu, wie ihre Modellboote über den See glitten. Sie richteten die Segel auf den Wind aus und stießen die Boote ab. Einige Boote mißachteten den Kurs und fuhren in die entgegengesetzte Richtung, andere kenterten und trieben schließlich an den Rand des Teiches. Die, die im Wind lagen, schafften es bis zur anderen Seite und wurden von ihren Besitzern in Empfang genommen, die um den Teich gelaufen waren, um sie zu erwischen.

Es war ein schöner Tag, die Luft war wundervoll. Plötzlich herrschte Windstille, die Segel hingen schlaff, die Masten standen senkrecht. Auch die Besitzer der Boote am Teichrand gerieten in eine Flaute. Ich selbst war auch ganz schläfrig und dachte eigentlich an gar nichts.

Eine Frau in hellgrünen Shorts und Top, in der Hand eine Sonnenbrille, setzte sich neben mich. Sie war von einer Schönheit, die einen erstarren ließ, ihre Augen hatten die Farbe von Palmweiden, ihre Haut war marmorglatt. Ihre braunen gekräuselten Locken waren zurückgekämmt und zu einem Knoten gebunden.

«Denken Sie nach?» fragte sie.

«Ich glaube schon, ja.»

«Ich denke hier auch gerade nach.»

Wollte mich diese wunderschöne Frau aufreißen? «Denken Sie über etwas Bestimmtes nach?» fragte ich.

«Über meine Natur.»

«Und wie ist Ihre Natur?»

«Freundlich, zärtlich, bezaubernd, großzügig, eifersüchtig, beredt, geistreich, intrigant, närrisch, heroisch, zwanghaft, stolz.»

«Klingt doch menschlich, allzu menschlich.»

«Wirklich?» Sie lächelte mich amüsiert an.

«Darf ich Ihnen etwas sagen?»

Sie nickte.

«Sie sind so ungefähr das Schönste, was ich je gesehen habe.»

«*So ungefähr?*» Ihr Lächeln verschwand.

Im Bruchteil einer Sekunde beschloß ich, Cynthia untreu zu werden. «*Das* Schönste.»

«Das ist schon besser. Aber Männern wohne ich jetzt nicht bei.»

«Frauen?»

«Auch Frauen nicht.»

«Fehlt Ihnen das denn?»

Sie dachte ein wenig nach und sagte: «Manchmal ... Doch was ich Ihnen sagen will ist, daß Liebe, um Freude zu bereiten, anständig bleiben muß.»

«Das verstehe ich.»

«Ich weiß. Ich möchte, daß Sie sich daran erinnern.»

Diese Frau war verrückt. Doch den Unsinn schöner Menschen fand ich immer sinnvoll.

Es kam wieder Wind auf. Alles löste sich aus der Erstarrung. Die Wasseroberfläche vibrierte. Die Boote, die träge von ihrem Kurs abgewichen waren, nahmen ihn wieder auf. Ihre Besitzer liefen um den Teich herum, um sie in Empfang zu nehmen. Ein Junge von sechs oder sieben Jahren stand direkt vor uns und wartete auf sein Boot.

«Bleiben Sie hier, geben Sie auf ihn acht!» sagte die Frau und ging zum Bootshaus, wo Sandwiches und Limonade verkauft wurden. Der Junge, der in der einen Hand einen Spielzeugbogen und Pfeile trug, hob mit der anderen sein Boot aus dem Wasser. Er kam zu mir und setzte sich neben mich. «Hallo», sagte ich. Er trat mir gegen die Wade.

Die Frau kam mit zwei Orangeneis am Stiel zurück. «Ich hab das gesehen», sagte sie. Sie setzte die Sonnenbrille auf, wickelte ein Eis aus dem Papier, reichte es dem Jungen und gab mir dann das andere. Ich bedankte mich und sagte: «Ihr Junge ist so schön wie Sie ... *beinahe*.» Sie lächelte und sagte: «Er ist so ungezogen. Steh auf, du Kobold! Komm schon!» Sie nahm das Boot und zog den Jungen von der Bank. «Anständig!» rief sie über die Schulter zurück, während sie den Jungen hinter sich her zerrte. Er hielt Pfeil und Bogen fest in der Hand. Die Frau war eine Spur draller, als es gerade Mode war, aber dennoch unglaublich anständig.

Ich knabberte an dem Eis und behielt den Stiel. Ich wollte ihn Cynthia zeigen.

Ihre Tür stand offen. Die Dusche lief. Ich rief sie durch die

Badezimmertür. Sie schien mich nicht zu hören. Schließlich kam sie heraus, zumindest ihr bodenlanger blauer Morgenrock. Einen Augenblick lang dachte ich, daß ich mit einer Halluzination dafür bestraft wurde, daß ich die Sprechstundenhilfe Penny begehrt hatte, wenn auch nur ein bißchen. Aber es war Penny.

«Sind Sie überrascht? Sie sehen überrascht aus.» Sie streichelte das Revers des Morgenrocks. «Cynthia hat gesagt, ich könne alles anziehen, was mir paßt.»

«Wo ist sie?»

«Also, nachdem Sie und Cynthia weggefahren waren, kam die Frau des Gouverneurs nach Hause. Ich glaube nicht, daß das vorgesehen war, denn er erzählte ihr, ich wär geschäftlich da, wonach es wohl nicht sonderlich aussah. Wir waren bei unserem dritten Drink, und er hatte seine schönen weißen Schuhe abgestreift. Die Frau war in der Situation absolut reizend. Sie verschwand einfach nur irgendwie.»

«Also wo ist Cynthia?»

«Es ist so gewesen. Der Gouverneur hat sie angerufen und ihr gesagt, daß ich hier besser aufgehoben sei. Die Limousine hat mich gebracht, und hier bin ich jetzt. Cynthia hat gesagt, ich soll auf Sie aufpassen.»

«Auf mich aufpassen?»

«So hat sie sich ausgedrückt. Bevor sie gegangen ist, hat sie Gulasch in einem ungarischen Restaurant bestellt. Es muß gleich kommen. Ist das okay?»

«Sie hat nicht gesagt, wohin sie geht?»

«Nein.»

«Oder weshalb?»

«Nei-hein.»

«Kein Zettel, nichts. Finden Sie das nicht merkwürdig?»

«Irgendwie schon. Sie hat gesagt, ich soll auf Sie aufpassen.»

«Ja, das haben Sie schon gesagt. Hat sie irgendwelche

Anrufe bekommen, während Sie hier waren, oder Besuch?»

«Nö. Wie wär's mit einem Schlückchen? Ich könnte noch ein Schlückchen gebrauchen.»

Sie kam wieder aus der Küche, mit einem großen Glas für sich und keinem für mich. Selbst angeheitert war Penny eine Freude. Sie sagte mehr als einmal, sie habe kein Glück gehabt, aber sie sagte es so, als erwarte sie es jeden Augenblick. Vor kurzem, sagte sie, hätte sie beschlossen, einen Rocker zu heiraten – «nein, einen Rockefeller». Als das Gulasch kam, sagte sie, sie wolle sich ein wenig hinlegen. «Wenn Sie wollen, können Sie sich auch hinlegen. Ich passe gut auf Sie auf, nicht wahr, Ben?»

Ich hatte keinen richtigen Hunger, doch das Essen roch gut und schmeckte gut. Ich stellte ihre Portion in den Kühlschrank und ging ins Arbeitszimmer, um nach einer Nachricht zu suchen. Keine Nachricht. Ich war dankbar, daß Cynthia mir Penny dagelassen hatte, so eine liebe Aufpasserin. Ich lief ins Schlafzimmer. Sie lag auf dem Rücken, und Cynthias Morgenrock war offen, so daß man alles, außer ihren Armen, sehen konnte. Rote Zehennägel, kräftige Beine wie bei einer modernen, stämmigen Statue, ein prächtiger, unschuldiger, schmutzig-blonder Busch, ein tiefer Bauchnabel, der mich an das Hohelied erinnerte, und Brüste, die von ihrem eigenen Gewicht flach gedrückt wurden, und über allem ihr etwas beschwipster Gesichtsausdruck. Ich legte mich neben sie. Sie war nicht völlig weggetreten und legte sich mit einem Arm und einem Bein über mich. Ich war noch nie in meinem Leben impotent gewesen, und das hier kam mir auch nicht wie Impotenz vor. Aber ich hatte kein echtes Verlangen. Die Wärme und das Gewicht ihrer Glieder erinnerten mich an Winternächte vor langer Zeit unter einer dicken Steppdecke. Später im Dunkeln fragte sie mich, ob ich sie mochte. Ich sagte ihr, sie sei ein heißer Karameleisbecher. Wir schliefen wieder ein, ich zumindest.

Inzest

Am nächsten Morgen hatte Penny einen Einfall. Sie wollte unter dem Vorwand, ihre Sachen holen zu müssen, in die Praxis gehen. «Und Winkle zum Sprechen bringen», sagte sie, «ich werde sagen, daß ich die Nacht mit Ihnen verbracht habe. Wenn er dann nicht fragt, ‹Und was ist mit Cynthia?›, weiß ich, daß die sie haben.»

«Angenommen, er sagt es ihr?»

«Dann sage ich, daß Sie ihn nicht hochgekriegt haben.»

«Das klingt aber, als hätte ich gewollt.»

«Wollten Sie denn nicht?»

«Penny, ganz ehrlich, ich weiß es nicht. Es war *seine* Sache, und *er* gibt keine Erklärungen und entschuldigt sich auch niemals. So gesehen ist er ein Gentleman.»

«Ich sollte ihm in die Eier treten.»

Wir beschlossen, daß ich vor Winkles Praxis warten sollte, und wenn sie nach fünfzehn Minuten nicht auftauchte, sollte ich reingehen.

Nach fünf Minuten war sie schon wieder zurück, hatte einen Aktenordner und lächelte. «Er war nicht da. Und ich hab noch meinen Schlüssel. Hier ist lauter Material über Sie und Cynthia und die anderen beiden. Sie wissen nicht, wo sie ist, der Doc weiß es jedenfalls nicht.»

Wir fuhren zurück zu Cynthias Wohnung. Auf dem Anrufbeantworter waren Nachrichten, aber keine von ihr.

Winkles Aufzeichnungen zufolge war der Anwalt Philip Spore zu Hause ausgezogen, nachdem seine Frau ihn geschlagen hatte, und traf sich nun mit einer früheren High-

School-Geliebten. «Dennoch», schrieb Winkle, «möchte er von der Wirkung des Medikaments erlöst werden. Ich habe ihm versichert, daß bereits an einem Gegenmittel gearbeitet wird. Aber stimmt das auch?» Was Felix Murphy anbelangte, so «hat er ein Keuschheitsgelübde abgelegt, was ihn zu trösten scheint». Cynthia und ich, so Winkle, «sind nicht nur unkooperativ, sondern regelrecht feindselig geworden. Da sie auch gegen das Angebot von Geld immun bleiben, stellen diese beiden eine äußerst ernste Bedrohung dar. Ivo meint, und ich stimme dem zu, daß man mit den beiden fertig werden muß. Ivo versichert mir, daß die anderen Spieler unter Kontrolle sind, nennt aber keine Einzelheiten. Sind sie es tatsächlich? Oder sagt er es nur, damit ich nicht in Panik gerate?»

«Ben, glauben Sie, die haben sie entführt?»

«Ich weiß es nicht.»

«Sollten wir nicht den Gouverneur informieren?»

«Das Problem ist eben, daß er selbst mit drinhängt. Er hofft doch, ordentlich Geld damit zu machen.»

«Der Gouverneur?»

«Ich glaube, Sie mögen ihn.»

«Er ist mein Typ.»

«Und wie ist der?»

«Männlich.»

«Also, wenn die Cynthia irgendwohin gebracht haben, wohin dann wohl? Doch wohl *ins Venus-Labor*. Ich werde Alphonse Springer anrufen, den Anwalt des Vogelmannes. Die Richterin sagte, er arbeite für ein pharmazeutisches Unternehmen. Ich glaube, das ist genau *das* pharmazeutische Unternehmen.»

«Und was dann?»

«Dann hole ich sie raus.»

Ich rief an. Eine Stimme vom Band sagte, das Büro sei vorübergehend geschlossen. Dann rief ich beim Gericht an und fragte nach Richterin Sugarman. Ich bekam ihren Protokollführer an den Apparat. «Ich habe eine äußerst wichtige Information zu einem der Fälle, die die Richterin verhandelt», sagte ich. «Stellen Sie mich bitte durch!»

«Hier Sugarman.» Ihre ungeduldige, hohe Stimme ließ auch die meine einen Strich höher steigen. Ich sagte, ich wollte sie wegen des jüngsten Sexfalls sprechen.

«Gut, ich höre.»

«Das kann ich nicht am Telefon sagen, Euer Ehren. Ich kann Ihnen nicht mal meinen Namen nennen.»

«Sind Sie Journalist?»

«Nein, Ma'am, Euer Ehren.»

«In Ordnung, aber wenn Sie doch Journalist sind, werden Sie und Ihre Organisation wegen Mißachtung des Gerichts belangt, haben Sie mich verstanden? Ich verkehre nicht mit Journalisten, und kein Journalist legt Saralee Sugarman aufs Kreuz. Ich bin die nächste halbe Stunde in meinem Amtszimmer.»

Winkle wußte sicher schon, wer die Akten mitgenommen hatte. Deshalb sagte ich Penny, sie solle den Anrufbeantworter anstellen und nur abheben, wenn sie wüßte, wer dran wäre, Cynthia zum Beispiel. «Wenn es der Gouverneur ist, gehen Sie nicht dran. Ihm würde es nicht passen, was wir machen.»

Der Protokollführer erhob sich von seinem Metallschreibtisch und sah mich von oben bis unten an. Ich glaube, er war drauf und dran, mich zu filzen. Ich machte einen Schritt zurück, und er überlegte es sich anders. Er brachte mich zur Richterin und blieb in der Tür stehen. Sie war eine bemerkenswert kleine Frau. War das der Grund dafür, daß Alphonse Springer auf die Idee gekommen war, die Größe des Gliedes seines Mandanten habe sie erschreckt? Wie dem auch sei, sie bedeutete mir mit einem Kopfnicken, daß ich auf ihrem Gästesessel Platz nehmen solle, und musterte mich etwa fünf Sekunden lang. Sie ließ ihre winzige Hand aus dem Ärmel ihrer Richterrobe hervorgleiten und gab dem Protokollführer ein Zeichen, daß er sich entfernen könne.

«Also?»

«Danke, daß Sie sich Zeit nehmen, Euer Ehren. Ich weiß, Sie müssen...»

Sie wackelte mit ihrem kleinen Zeigefinger, um mich zur Eile zu bewegen. «Richtig. Euer Ehren, ich will gleich zur Sache kommen. Ich nehme an – ich sollte lieber sagen, ich habe Grund zur Annahme –, daß ich im Besitz entscheidender Informationen bin, und zwar über – ich möchte ihn den Vogelmann nennen.» Wieder das Wackeln mit dem Zeigefinger. Ich tat das keineswegs mit Absicht, und ihr Gesichtsausdruck verunsicherte mich. «Ich bin fest davon überzeugt, daß das bizarre Verhalten dieses Mannes von einem starken sexuellen Stimulans ausgelöst wurde, das er für ein Pharmaunternehmen testet. Doch lassen Sie mich noch folgendes fragen, hat der Vogelmann irgend etwas über sich gesagt?»

«Hören Sie, Mr. Anonymus, Sie sind doch wohl hier, um Antworten zu geben, und nicht, um Fragen zu stellen.»

«Beides, Euer Ehren. Im Fernsehen haben Sie gesagt, daß der Anwalt des Vogelmannes für ein Pharmaunternehmen arbeitet. Ich habe Grund zu der Annahme, daß die Firma ihn dafür bezahlt, daß er den Vogelmann verteidigt. Die wollen nicht, daß der Vogelmann den Behörden irgend etwas erzählt. Euer Ehren, ich habe die Absicht, in dieser Angelegenheit auf eigene Faust zu ermitteln.»

«Ach, tatsächlich! Und ich soll Sie wohl auch noch darum ersuchen?»

«Nennen Sie mir nur den Namen des Unternehmens, Euer Ehren. Die Praxis des Anwalts ist geschlossen.»

«Der Wurm macht sich rar. Und er tut recht daran. Er ist zu weit gegangen.»

«Weil er sagte, Sie hätten Angst...»

«Angst? Ich bin seit vierzehn Jahren Richterin in Strafsachen. Ich habe Auftragsmörder ins Gefängnis gebracht, Vergewaltiger, Männer, die ihre Frauen schlagen. Mein Leben ist bei sechsundvierzig verschiedenen Anlässen bedroht worden. Daß ich Angst haben soll vor einem Wahnsinnigen und seinem...»

«Glied.»

«Ich bin eine verheiratete Frau. Ich bin mit der Physiologie des Mannes bestens vertraut. Wovor sollte ich Angst haben?»

«Euer Ehren, ich kann Ihnen helfen, dieser Sache auf den Grund zu kommen, wenn Sie mir den Namen des Unternehmens geben.»

Sie musterte mich, klopfte mit ihren winzigen Fingern auf den Schreibtisch und sagte schließlich: «Nemo Labors.» Sie gab mir ihre Durchwahl. «Geben Sie mir Bescheid, wenn Sie etwas herausgefunden haben!»

«Ja, Euer Ehren. Vielen Dank, Euer Ehren.»

Ich nahm meinen Wagen. Nemo war ein bescheidenes einstöckiges Gebäude am Stadtrand, von einem Rasen umgeben. Der Parkplatz war zur Hälfte besetzt, einer der Wagen war neu und teuer. Ich ging zum Haupteingang. Ein Wachmann mit einem Kugelbauch, der drinnen auf einem Stuhl saß und Zeitung las, blickte auf. «Wie geht's, Sportsfreund?» sagte ich. Er grüßte. Ich schlenderte an ihm vorbei. Sonst war niemand zu sehen. Ich suchte mir eine der Türen mit Milchglasscheiben aus und öffnete sie. Ein dicker Mann im Kittel arbeitete an einem Labortisch. «Ivo gesehen?» fragte ich. Er schüttelte den Kopf. Ich öffnete die nächste Tür, eine Toilette. Ein alter Schwarzer in Jeans und Flanellhemd wischte mit einem Mop. «Ivo hier drin gewesen?»

«Der hat sein eigenes Scheißhaus.»

«Ich hab mich irgendwie verirrt, welches ist sein Zimmer?»

«Drei Türen weiter.» Er hielt den Stiel schräg. «Kennen Sie ihn?»

«Aber sicher.»

«Ja dann», sagte er und sah auf den feuchten Boden.

Ich öffnete die dritte Tür. Da saß er, an einem großen Schreibtisch, in einem kanariengelben Hemd, den Ärmel seines guten Arms bis über den Ellbogen hochgekrempelt.

«Ben, altes Haus», sagte er, «was führt Sie her?»

Ich war verblüfft über seine Selbstbeherrschung.

«Wo ist Cynthia, Sie kleiner Wichser?»

«Kleiner Wichser? Alles ist relativ, Ben.» Bei seinem schmierigen Grinsen bekam ich Lust, auf ihn loszugehen und ihn aus seinem Sessel zu heben. Er sah es mir an und zuckte nicht mit der Wimper. «Setzen Sie sich doch hin und erzählen Sie mir, was los ist. Inzwischen...» Er nahm den Telefonhörer ab und drückte einen Alarmknopf. Plötzlich wollte ich nur noch raus. Was hatte ich denn erwartet – Cynthia an Händen und Füßen gefesselt wie in einem Thriller?

«Kommen Sie in mein Büro, Frank! Sofort!»

«Haben Sie vor, mich festzuhalten?»

«Sie sind hier unbefugt eingedrungen.»

«Die Tür stand weit offen.»

«Jetzt nicht mehr.»

Der Wachmann erschien. «Ja, Sir?»

«Haben Sie diesen Mann vorbeigelassen?»

Er sah mich nicht länger an als nötig. «Ja, Sir.»

«Bleiben Sie vor dieser Tür stehen. Liegt das im Rahmen Ihrer Fähigkeiten?»

«Ja, Sir.»

«So, Ben, da wären wir also, Sie und ich. Die Sprechstundenhilfe ist heute morgen in Dr. Winkles Praxis eingebrochen.»

«Sie hatte einen Schlüssel.»

«Also *war* sie es. Dazu kann ich Ihnen nur sagen, daß das

richtig Ärger bedeutet – und zwar für uns beide. Und jetzt haben Sie auch noch Cynthia verloren, ist das richtig?... Reden Sie schon!»

«Leck mich am Arsch!»

Er wählte eine Nummer. «Ivo hier, Herr Gouverneur. Wir haben Ben erwischt, als er im Labor herumschnüffelte... Ja, er ist hier in meinem Büro... Nein, kann er nicht. Aber wir haben keine Räumlichkeiten dafür. Ich schlage vor, Sie nehmen ihn in Schutzhaft... Ich kann Ihnen versichern, daß er in Gefahr ist, und sei es auch nur von meiner Seite. Und, Herr Gouverneur, Sie sind auch in Gefahr. Ich bin in Gefahr. Wir sind alle in Gefahr... Ja... Ja. Keine Sorge, Herr Gouverneur, ich werd schon damit fertig.» Ivo sagte ihm, wo Nemo lag, und legte auf. «So, das hätten wir. Können wir uns unterhalten, während wir warten?»

«Worauf?»

«Auf die Polizei unseres Bundesstaates. Können wir uns unterhalten? Zum Beispiel darüber, was mit Cynthia ist?»

«Ich kann Ihnen schon mal soviel sagen, Winkles Aufzeichnungen reichen aus, um euch alle hinter Gitter zu bringen. Er hat ausdrücklich notiert, daß er und Sie der Ansicht seien, man müsse mit Cynthia und mir ‹fertig werden›. Nur für den Fall, *daß* man mit uns fertig wird.»

«Er ist nicht allzu helle, nicht wahr? Was die Aufzeichnungen anbelangt, die dürften nicht schwer zu finden sein, jetzt, wo wir Sie haben. Schauen Sie, Ben, hier wird kein Kuchen verkauft, hier geht es um ein wissenschaftliches Forschungsprojekt, und wenn die Kinderkrankheiten erst mal beseitigt sind, wird es allen nützen, Ihnen und mir und dem chinesischen Kuli. Ben, ich bin Wissenschaftler.»

«Sie sind ein Hobbytüftler.»

«Sie meinen wie Edison und Archimedes?»

«Ich meine wie Dr. Mengele, der ebenfalls behauptet hat, seine Experimente würden der Menschheit nützen.»

«Mensch, Ben, warum können wir nicht am selben Strick ziehen?»

«Ziehen, ziehen, hat es Ihnen leid getan, daß Sie nichts gefunden haben, als Sie Cynthia das Höschen ausgezogen haben?»

Er starrte mich an. «Winkle, dieser Narr! Stand das in seinen Aufzeichnungen? Um *ihn* sollte man sich kümmern.»

Ich ließ nicht locker. «Haben Sie wirklich die Sieben-Komma-Acht-Zentimeter-Klitoris gesehen?»

«Ja, das habe ich.»

«Und hatte sie wirklich eine Öffnung?»

«Ja, das hatte sie.»

«Haben Sie sie gelutscht, Ivo?»

Häßlichkeit und Wut zusammen können gefährlich sein. «Ivo, warum haben Sie dieses wunderbare Medikament nicht selbst genommen? Sie könnten doch ein bißchen Stärkung gebrauchen, oder etwa nicht?»

Er brauchte ein paar Sekunden, um sich zu sammeln, und antwortete in ruhigem Ton: «Testet ein Chirurg etwa ein Skalpell an seinem Finger?»

«Sie sind der einzige, der die Formel kennt, nicht wahr?»

Er sah die Gefahr, die in einem Geständnis lag, und antwortete nicht.

«Wenn wir also mit Ihnen fertig würden, wäre auch Venus erledigt, oder?»

Der Wachmann klopfte, öffnete die Tür und hielt sie dann für zwei Bundespolizisten auf – beide stramm und ernst.

«Kommen Sie herein, Gentlemen. Hier ist er. Hier ist Ihr aggressiver Querulant. Wohin werden Sie ihn bringen?»

«Der Gouverneur hat gesagt, das sollen wir für uns behalten.»

«Ganz richtig.»

Ich stand auf. Die Polizisten nahmen zu beiden Seiten von

mir Aufstellung und gingen mit mir durch die Tür. «Seien Sie brav!» rief Ivo. Wir marschierten vom Gebäude zum Wagen der Polizisten. Ich fühlte mich in ihrer Gegenwart wohler als mit Ivo. Einer von ihnen öffnete eine hintere Tür. Ich dachte, ich sollte einsteigen, und wartete darauf, daß er meinen Kopf nach unten drückte, wie sie das so machen. Ich fragte mich, ob er neben mir einsteigen oder mich einsperren und sich vorn zu seinem Kollegen setzen würde. Statt dessen stieg er selbst hinten ein. Der andere Polizist bedeutete mir, mich vorn neben ihn zu setzen.

«Wohin, mein Freund?»

«Wohin bringen Sie mich?»

«Wohin Sie wollen. Alles in Ordnung?»

«Ich bin frei? Mein Auto steht da drüben.»

«Okay, wir fahren außer Sichtweite, und dann holt er den Wagen. Der Typ drinnen soll denken, daß wir Sie einsperren.»

«Tun Sie's denn nicht?»

«Der Gouverneur sagte, wir sollen Sie laufenlassen.»

Wir fuhren aus dem Parkplatz heraus. Ich gab dem Polizisten meinen Schlüssel, und während er zum Auto ging, fragte der Fahrer, ob ich einen Schluck vertragen könne. Er holte eine neue Flasche Bourbon aus dem Handschuhfach. Nach mir nahm er einen kräftigen Schluck und fragte: «Was wollte der Typ von Ihnen?»

«Mich aus dem Verkehr ziehen.»

«Uns wurde gesagt, wir sollten Sie wieder auf die Schienen setzen, was immer dazu nötig sei. Viel war nicht nötig.»

Ich stieg in meinen Wagen. Der Polizist mit dem Bourbon hob die Flasche zum Abschied, nahm noch einen Schluck und reichte sie seinem Kumpel.

Ich fuhr zurück zu Cynthias Wohnung. Penny war so froh, mich zu sehen, daß sie mir um den Hals fiel und sich an mich drückte. Ich glaube, bei mir fing es an zu kribbeln.

«Cynthia hat angerufen», sagte sie. «Sie ist bei ihrem Vater auf dem Land. Hier ist die Nummer. Sie hat sich furchtbar entschuldigt dafür, daß sie Sie in meiner Obhut gelassen hat. Ich habe gesagt, das bräuchte sie nicht, mir würde es nichts ausmachen. Sie hat gemeint, sie mußte einfach weg. Sie macht sich wirklich Sorgen um Sie. Ich hab ihr nicht gesagt, wo Sie waren, ich wollte sie nicht beunruhigen. Aber sie hat so Sachen gefragt, wie ob Sie aufgegessen hätten, ob Sie richtig geschlafen hätten. Aber Ben, woher wußte sie, daß Sie nicht, Sie wissen schon, mit mir schlafen würden? Sie sagte, sie hätte Angst gehabt hierzubleiben. Ich hab sie gefragt, ob es wegen Ivo und Winkle wäre. Nein, es hätte andere Gründe.»

«Was zum Beispiel?»

«Wußte sie wohl nicht. Aber an einer Stelle sagte sie, wenn Sie nicht essen würden, sollte ich inzestieren.»

«Was?»

«Inzestieren. Ich hab gesagt, ‹Sie meinen sicher insistieren.› ‹Das habe ich doch gesagt.› Sie hörte den Unterschied nicht. Jedenfalls, der Gouverneur hat zweimal angerufen. Ich bin nicht drangegangen, aber ich war echt in Versuchung.»

Ich rief Cynthia an.

«Ben, du und Penny, kommt doch beide hierher. Und jetzt hör mal zu. Penny soll mir Winkles Akte mit den Aufzeichnungen faxen. Laßt das Original gut sichtbar herumliegen. Wenn Ivo kommt und die Wohnung durchsucht, wird ihn das besänftigen. Gib mir mal Penny, ich sag ihr, wie sie hierherkommt. Laß sie fahren. Und mach Pipi, bevor ihr losfahrt.»

Nachdem Penny aufgelegt hatte, sagte sie: «Ich komm immer noch nicht drüber weg, daß sie wußte, daß Sie nicht mit mir schlafen würden.»

«Sie meint, ich wäre zu jung.»

«Das ist aber nicht nett, Ben.»

Mütter und Väter

Ich fuhr. Das Haus lag im äußersten Osten des Bundesstaates, bekannt als Maklerhimmel. Man konnte die segensreiche Wirkung hoher Gemeindesteuern studieren – kein Lärm, kaum Schilder, sehr viel Landschaft. Es stimmte Penny sehr nachdenklich.

Sie war eine exzellente Beifahrerin und entdeckte die fast unsichtbare Highwayausfahrt. Wir fuhren über einen Kilometer, ohne an irgendeinem Bauwerk vorbeizukommen. Ich fragte mich, ob dieser Kilometer wohl Mr. Darling gehörte. Als wir bei Mr. Darlings Haus vorfuhren, wurde mir klar, daß ich eine alte Villa erwartet hatte. Doch das Haus war zweistöckig, hatte ein Schindeldach und war achteckig. An jeder Wand waren vier Fenster, zwei oben, zwei unten. Es war so elegant wie Cynthia. Sie wartete in Jeanshose und -jacke auf der vorderen Veranda auf uns.

«Du bist gefahren?» fragte sie und schüttelte den Kopf. Sie umarmte Penny, küßte mich auf die Wange und musterte uns. «Schön, ihr seid da, das ist die Hauptsache. Irgendwelches Gepäck?» Ich sagte nein, und Penny hielt ihre leeren Hände hoch. «Penny, Sie sind seit Jahren der hübscheste Gast in diesem Haus. Hören Sie, ich muß was in der Stadt besorgen. Kommen Sie doch mit.» Cynthia nahm sie bei der Hand und führte sie zu meinem Wagen, wobei sie mir zurief: «Cola und so sind im Kühlschrank. Frag Mrs. Canfield. Und mach dich mit Daddy selbst bekannt. Es dauert nicht lange.»

Ich kam gar nicht bis zur Küche oder zu Mrs. Canfield. Während ich noch in der Diele stand und mich umsah, erschien Mr. Darling. Ich war überrascht, daß er nicht größer war. Er war etwa so groß wie Cynthia, so schlank wie sie, sein Haar lichtete sich, und er hatte ihre feinen Gesichtszüge. Er ersparte mir diesen ersten durchdringenden Blick, den man vom Vater seiner Freundin normalerweise erwartet. Statt dessen schüttelte er mir die Hand und führte mich in ein großes, gemütliches Zimmer. «Was kann ich Ihnen anbieten, Ben? Ich wollte mir gerade den ersten für heute genehmigen.»

«Hört sich gut an.»

«Bourbon?»

«Bourbon.»

«Pur?»

«Pur.»

«Gute Fahrt gehabt?»

«Ja, Sir.»

«Cynthia sagte, Sie bringen eine junge Dame mit.»

«Penny. Cynthia ist mit ihr in die Stadt gefahren.»

Er gab mir den Drink. «Den sollten wir in Ruhe trinken. Dann zeige ich Ihnen das Grundstück. Das macht mir immer Spaß.»

Er sprach über eine Kiefernkrankheit, die seine immergrünen Bäume vernichtet hatte, und über die Flußbarsche, die er im Teich ausgesetzt hatte. Wir tranken noch den zweiten des Tages und gingen nach draußen, um die Runde zu machen. Sein Golden Retriever begleitete uns. «Cynthia ist ein Katzenmensch», sagte er, «und ich bin ein Hundemensch. Hunde sind clever genug, um zu wissen, daß Menschen cleverer sind als sie, Katzen sind zu blöd dafür.» Ich hatte gehofft, er würde mir seine Bilder zeigen. In der Diele hatte ich unter anderem einen Matisse erkannt und das Bild einer Giftpflanze, von Redon, glaube ich. Da hing auch ein üppiges kubistisches Pastell von Rosenblüten, nur mit «Maud» signiert.

Wir blieben an einem Teich mitten in einer kleinen, kraterartigen Mulde stehen. «Früh am Morgen», sagte Mr. Darling, «liegt er ganz im Nebel und sieht wie eine Suppenschüssel aus. Manchmal stehe ich hier und sehe zu, wie die Sonne den Nebel wegbrennt. Später können wir schwimmen.» Ich schaute in das Haus am Teich – lauter Spinde und ein Kühlschrank so groß wie ein Kleiderschrank. Als wir an einem weißen Holzschindelhaus vorüberkamen, sagte Mr. Darling: «Gesindequartier.»

Ihm gehörte wirklich ein Kilometer, sogar noch ein Kilometer. So weit gingen wir auch, sprangen über einen meterbreiten Bach, liefen Hügel hinauf, überquerten Felder, bis wir zu einem Wäldchen mit riesigen Eichen kamen. «Drei davon sind die größten im ganzen Landkreis.» Im tiefen Schatten gab es kein Unterholz, nur Eicheln fanden sich da und eine dichte Blätterschicht aus früheren Jahren. Eine Eule mit einer Spannweite von einem Meter fünfzig schwebte lautlos über uns hinweg und landete auf einem niedrigen Ast. Der Retriever erstarrte. Der Vogel starrte uns an. Es wirkte wie ein Wettkampf. «Wir kennen uns, er und ich», sagte Mr. Darling. «Er wünschte, ich wär so groß wie ein Nagetier.»

«Ihr Hund wünschte, der Vogel wäre so groß wie ein Nagetier.»

«Das kann schon sein.» Er zog den Hund an einem Ohr. «Ich versuche, einen Namen für den Vogel zu finden.»

«Wie wär's mit Schnappi?»

«Glauben Sie, es ist ein Weibchen?»

«So habe ich es nicht gemeint.»

«Das weiß ich», sagte er und lächelte genau wie Cynthia.

Wir kehrten zum Haus zurück. Ich hatte das Gefühl, daß wir den Spaziergang gemacht hatten, damit er sich ein Bild von mir machen konnte.

Cynthia und Penny tranken gerade Tee. Drei Kartons

mit Kleidern lagen geöffnet auf dem Boden. Penny trug eine neue rote Hose, eine grüne Bluse und Leinenschuhe. Sie sprang auf und wirbelte herum. Cynthia stellte sie Mr. Darling vor. Er verbeugte sich feierlich und küßte die Luft über ihrer Hand.

Mir gefiel diese Mischung aus Höflichkeit und Ungezwungenheit. Was er von mir hielt, konnte ich nicht ausmachen. Er holte uns einen dritten des Tages.

Cynthia führte mich nach oben in eins der Schlafzimmer. «Du hattest einen langen Tag, großer Junge.» Sie deckte mich zu und küßte mich auf die Stirn. Ich streifte meine Schuhe ab und schlief ein.

Als ich erwachte, war es draußen dunkel, und sie saß auf dem Bettrand. «Du mußt ja ganz ausgehungert sein», sagte sie. Mir kam der Gedanke, daß sie vorhatte, mir die Brust zu geben. Ich glaube, der Gedanke kam ihr auch, aber sie sagte: «Vater wird sich zum Abendessen feinmachen, Penny wird toll aussehen, also bleibe ich, wie ich bin, damit du nicht so allein bist. Du bist zerknittert ... aber schön.»

«Du auch.»

«Ich bin nicht zerknittert.»

«Nein, aber schön.» Ich streckte die Arme nach ihr aus.

Sie stand auf. «Mrs. Canfield hat Schweinebraten für uns gemacht. Du magst doch Schweinebraten, oder?»

«Ja. Und Eiscreme?» Das sollte ironisch sein, doch sie sagte: «Ich hab ihr gesagt, Ben bekommt Eis.»

Mr. Darling trug ein blaues Samtjackett, Penny ein marineblaues Kleid und ein Perlenhalsband, das, glaube ich, Cynthia gehörte.

Mrs. Canfield begann mit einer Vichyssoise. Cynthia stellte mich als ihren Freund Ben vor. Mrs. Canfield nickte, stellte die Suppe vor mich hin und sagte: «Das ist kalt, Ben, aber Sie werden es mögen.» Was war los? Hatte Cynthia Mrs. Canfield gesagt, daß ich zurückgeblieben sei?

Der Schweinebraten war saftig und lecker – es war Spanferkel. Cynthia, die mir gegenübersaß, nickte, als ich das richtige Besteck nahm. Man sprach über den Gouverneur. «Ich nehme an, Sie wissen, Ben, daß meine Tochter seine tiefschürfenden Reden schreibt. Cynthia, glaubst du, daß die seinen Charakter verbessern, wie Gebete, die für Kinder geschrieben werden?»

«Sieht nicht so aus, Daddy. Ich schreibe sie, weil ich meine Worte gern in der Zeitung lese und weil ich seine Frau mag und weil ich ihn mag.»

«Ich mag ihn auch», sagte Penny.

«Sie kennen den Gouverneur?» fragte Mr. Darling.

«Ein bißchen.»

«Was machen Sie, Penny?»

«Ich bin Krankenschwester.»

«Jeder Mann braucht eine Krankenschwester.»

«Und umgekehrt, Mr. Darling.»

Nach einer kurzen Schweigepause wußten wir, daß man soeben ins Geschäft gekommen war. Ich versuchte, Cynthias Blick zu erhaschen, doch sie lächelte in ihr Essen, puckartig.

Wir tranken den Kaffee in Mr. Darlings Arbeitszimmer. Das schwache Licht schmeichelte uns, und das gemütliche Mobiliar umkuschelte uns. Mr. Darling servierte Brandy, trank jedoch selbst keinen. Penny sang einen Countrysong mit dem Titel «Love Moved Out for Good Last Night». Mr. Darling bat um eine Zugabe, und sie sang «Life Is Just Too Long Without You, Darlin'». Ich fand, daß ihr rauhe Stimme so gut war, daß sie sich ihren Lebensunterhalt auch mit Singen verdienen könnte, aber vielleicht lag das nur am Alkohol. Wir machten die Flasche leer. Cynthia stand auf und sagte, es sei Zeit, in die Heia zu gehen. Es war erst zehn Uhr, aber niemand machte Einwände. Penny sagte, es sei ein langer Tag gewesen, und Mr. Darling reckte sich. Cynthia nahm meine Hand, und wir überließen das Pärchen sich selbst. Auf der Treppe sagte sie: «Ich habe noch nie gesehen, daß Daddy einen Brandy ausläßt. Ich nehme an, ihn beschäftigt der Trunk, der das Verlangen erweckt und den Vollzug erschwert.»

«Ist das von dir?»

«Shakespeare.»

Sie brachte mich zu dem Schlafzimmer, in dem ich mein Schläfchen gehalten hatte, und stand in der Tür.

«Kannst du heute nacht nicht bei mir bleiben?»

«Ich bin gleich nebenan, Baby. Mrs. Canfield hat uns Waschzeug ins Badezimmer gelegt. Morgen ist auch noch ein Tag.»

«Cynthia, ich möchte dich morgen meinen Eltern vorstellen. Sie wohnen nicht weit von hier, und ich habe es ihnen schon lange versprochen. Kommst du? Ich mag deinen Vater so sehr, daß ich möchte, daß du auch siehst, wo ich herkomme. Okay?»

«Mal sehen», sagte sie und schloß die Tür.

Ich wartete einen Augenblick und rief dann meine Eltern an. Mutter ging ans Telefon.

«Mom, ist es zu spät?»

«Dein Vater schläft schon, aber ich bin noch am Leben.»

«Mom, ich möchte euch morgen mit Cynthia besuchen. Ich weiß, daß Dad sie kennenlernen möchte.»

«Ich doch auch. Bring sie gerne mit. Zum Abendessen gehen wir aus, aber kommt doch zum Mittagessen.»

«Mom, ich habe noch eine Bitte, etwas Besonderes. Es ist ziemlich wichtig.»

«Ja?»

Da war immer dieser Hauch von Skepsis in ihrer Stimme, wenn ich sie um etwas bat. Vater hätte ich es erklären können, und selbst wenn er es nicht verstanden hätte, hätte er alles für mich getan. Mutter war nicht so.

«Mom, ich möchte, daß du morgen ganz besonders mütterlich bist.»

«Bin ich das sonst nicht? Ich *bin* doch deine *Mutter*.»

«Mom, tu es einfach für mich. Es ist ein bißchen kompliziert. Ich möchte, daß du ... *betont mütterlich* bist.»

«Ben, das ist kränkend. Also, was soll ich tun? Beschreib es mir.»

«Also gut. Nenn mich zum Beispiel ‹Sohn›. Nein, ‹mein Junge›. Tätschel mir den Kopf, solche Sachen. Wenn wir ankommen, gib mir einen Kuß. Du gibst mir nie einen Kuß. Drück mich ... du weißt schon, richtig mütterlich. Mom, mir ist das wirklich peinlich. Du weißt jetzt, was ich meine, nicht wahr?»

«Ich glaube schon. Aber willst du mir nicht sagen, worum es geht?»

«Mom, das werde ich tun, sobald ich kann. Okay?»

«Was man als Mutter nicht alles durchmacht!»

Beim Frühstück war klar, daß Mrs. Canfield mißbilligte, was inzwischen vor sich ging. Penny und Mr. Darling waren noch nicht auf. Sie nahm offenbar an, daß Cynthia und ich die Nacht ebenfalls miteinander verbracht hatten.

Wir saßen noch am Tisch, als das neue Pärchen die Treppe herabkam, Mr. Darling lachend und Penny mit dem Lied «I Have a Sunny Room for Rent Inside My Empty Heart» auf den Lippen. Ihr Appetit und ihre gute Laune verbesserten nicht gerade die von Mrs. Canfield.

Cynthia sagte: «Sie wird doch nicht etwa kündigen, Daddy, oder?»

«Sie ist das gewöhnt», sagte er.

Penny hörte das, aber es machte ihr nichts aus. Im Gegenteil, Penny flüsterte mir auf der Veranda, als Cynthia und ich uns verabschiedeten, etwas ins Ohr. Als wir losfuhren, fragte Cynthia, was sie gesagt hatte.

«Sie hat gesagt: ‹Ich habe gerade etwas Glück, Ben.›»

«Daddy auch.»

«Hast du sie deshalb mit eingeladen?»

«Du meinst, ob ich eine Kupplerin bin?»

«Nein ... nun, äh, ja.»

«Natürlich.»

«Jetzt sag mir mal, warum warst du dir nicht sicher, ob du meine Eltern kennenlernen willst?»

«Weil ich eine Kupplerin bin», sagte sie spitz.

Den Rest der Fahrt brachten wir fast schweigend hinter uns.

Meine Eltern empfingen uns an der Tür, und es roch einladend nach Apple Pie. Mutter wischte sich die Hände an ihrer Schürze ab und zog sie aus. Ich hatte sie noch nie in einer Schürze gesehen, und sie hatte noch nie in ihrem Leben eine Pie gebacken. «Mein Junge!» sagte sie, nahm mich in den Arm und küßte mich auf beide Wangen. Vater nahm Cynthias Hände und sagte: «Sie *sind* zum Anbeißen. Ben, sie *ist* zum Anbeißen.» Mutter ließ mich wieder los und gab Cynthia die Hand. Cynthia lächelte und wandte sich wieder Vater zu. Mutter flötete jetzt regelrecht, wenn sie sprach. Ich hoffte, sie würde es nicht übertreiben. Nicht, daß es wirklich wichtig gewesen wäre. Vater überschüttete Cynthia mit seiner Aufmerksamkeit.

Im Wohnzimmer saßen wir pärchenweise auf der Couch. Obwohl Mutter nicht genau wußte, worum es eigentlich ging, genoß sie das Spiel. Sie ist eine etwas rauhe, gutherzige Frau mit Sinn für Humor. Und Vater mochte, wie jeder Mann, ohne lüsterne Hintergedanken einfach eine attraktive Frau. Mutter saß neben mir auf der Couch, tätschelte mir das Knie und sagte, sie würde mir zu Weihnachten einen Pullover stricken – ob meine Lieblingsfarbe immer noch blau sei? Sie strickte überhaupt nicht, und ich hatte auch keine Lieblingsfarbe. Vater, der mit Cynthia auf der anderen Couch saß, lauschte auf jedes Wort von Cynthia, während sie berichtete, wie sie mit achtzehn Jahren mit ihrem Pferd Brownie nach New York gefahren sei und im Garden ein Rennen gewonnen habe. Mutter und ich zogen unsere Show ab, und sie hörten überhaupt nicht zu. Schließlich schob mich meine Mutter in die Küche. «Sie tut so, als wäre ich gar nicht da. Was geht da vor sich?»

«Das hängt alles miteinander zusammen, Mom. Hör mal, wenn wir wieder drin sind, zeig ihr doch mal mein Zimmer. Auf dem Schreibtisch steht das Photo von uns beiden, als ich sechs war. Zeig es ihr. Sorg dafür, daß sie es anschaut.»

Statt darauf zu warten, daß es sich irgendwie ergab, ging sie direkt zu Cynthia und sagte: «Cynthia, kommen Sie mal mit. Ich möchte Ihnen etwas zeigen.» Cynthia erhob sich wie eine Schlafwandlerin und folgte ihr die Treppe hinauf. Vater und ich folgten ihr auf dem Fuß.

«Das ist doch ein richtiges *Jungen*zimmer, oder», sagte Mutter und zeigte auf die Poster von Rockbands. «Ich habe es so gelassen, wie es war. Man weiß ja nie, wann der Junge wieder nach Hause kommt, um sich bei Mutti so richtig satt zu essen.»

Vater grunzte skeptisch, und Mutter gab ihm spielerisch einen Klaps auf die Hand.

«Und jetzt schauen Sie sich das mal an.» Mutter nahm das gerahmte Photo vom Schreibtisch. «Ich meine, *schauen Sie hin*, Cynthia!» Sie zeigte mich auf dem Photo. «Weißt du noch, Vater? Das war gleich nach seiner Blinddarmoperation.» (Sie nannte ihn niemals ‹Vater›, und ich hatte meinen Blinddarm noch.) Auf dem Photo hielt ich ihre Hand und sah zu ihr auf. Sie war damals rund und hübsch – die perfekte junge Mutter und ihr sie anbetender kleiner Sohn. Cynthia nahm das Photo und betrachtete es. Wir merkten, daß hier etwas vor sich ging, sogar Vater merkte es, und wir warteten ab, was dabei herauskommen würde. Schließlich seufzte Cynthia und stellte das Photo zurück auf den

Schreibtisch. «Sie waren sehr schön», sagte Cynthia, «und Ben war hübsch. Sie müssen ihn sehr geliebt haben.» Mutter hörte auf zu schauspielern und sagte: «Das tue ich immer noch, Cynthia.» «Und du mußt deine Mutter lieben», sagte sie zu mir. «Ja, das tue ich.» Mutter sah mich an. Ich nickte. Der Traum und das Drama waren vorbei.

Als wir wieder unten waren, bildeten wir neue Paare. Cynthia ging mit meiner Mutter in die Küche, ich blieb im Wohnzimmer und plauderte mit Vater. Er wollte alles über Cynthia wissen. Ich beschrieb ihm das Haus von Mr. Darling, und ich merkte, wie überrascht er war, daß ein Mädchen, das so nett und klug und hübsch wie Cynthia war, auch noch reich sein und eine Schwäche für seinen Sohn haben konnte. «Ich verdiene sie eigentlich nicht.» «Das würde ich so nicht sagen.» «Aber du denkst es.» «Könnte sein», sagte er. Aus dem, was aus der Küche zu hören war, war zu entnehmen, daß Cynthia und Mutter gut miteinander auskamen. Sie waren sich in mancher Hinsicht ähnlich, sie waren beide klug und gleichzeitig eisern. Cynthia war etwas klüger, Mutter etwas eiserner. Als wir uns zum Lunch setzten, sagte Mutter, Cynthia sei ihr auf die Schliche gekommen. «Die Apple Pie stammt aus dem Supermarkt. Ich hab sie wegen des Dufts in den Ofen getan.»

Meine Eltern brachen zu ihrem Abendessen auf, und wir streckten uns beide auf den Sofas aus. «He», sagte ich, «wenn wir ein Nickerchen machen, können wir es uns auch bequem machen. Komm mit nach oben.»

Ich führte sie in das Schlafzimmer meiner Eltern mit dem großen Doppelbett.

«Nein, in dein Zimmer.»

«Da steht bloß ein schmales kleines Bett.»

«Gut.»

Ich quetschte mich an eine Seite. Sie schob ihren Arm unter meine Schulter und legte sich neben mich. Wir küßten uns und preßten uns wie Teenager aneinander und atmeten bald schon heftig. Ich knöpfte ihre Bluse auf, sie knöpfte mein Hemd auf, und wir zogen uns aus, ohne uns loszulassen. Ich lutschte an einer ihrer Brüste, dann an der anderen. Sie waren trocken. Sie stand auf und wand sich aus ihrem Rock. Ich streifte im Sitzen die Hose, die Unterhose und die Socken ab und zog sie an mich. Sie spreizte die Beine und drückte meinen Kopf an ihre Scham. Sie hielt meinen Kopf, während ich ihre Klitoris leckte. Sie zog mich aufs Bett, ich legte mich hin, und sie setzte sich auf mich und schob meinen Schwanz in ihre Vagina. Wir ließen uns Zeit und kamen gewaltig.

Ich fand es wunderschön, ihr Gewicht auf mir zu spüren. «Cynthia», sagte ich, «das war mein normaler Schwanz.»

Ich wollte nicht, daß sie sich bewegte, aber nach einer Weile rollte sie sich ab und zog mich auf sich. Wir machten es noch mal.

«Komm, wir strecken uns auf dem Bett meiner Eltern aus.»

«Wir machen alles nass.»

«Dann baden wir erst mal.»

Ich ließ Wasser ein, und wir stiegen so hinein, daß wir uns gegenüber saßen.

«Was hast du über deinen Schwanz gesagt?»

«Das ist mein normaler Schwanz. So, wie er war, bevor ich dich kennengelernt habe. Hat es dir gefallen? Ich glaube, die Wirkung des Medikaments läßt nach.»

Sie hatte ihre Beine neben mir ausgestreckt. «Guck doch mal, ob er sich reckt.»

Nichts geschah.

«Hier», sagte sie und kitzelte ihn unter Wasser. Es war alles ganz normal mit ihm, es war einfach mein normaler Penis, und er reckte sich nicht.

«Warte mal», sagte sie. Sie drehte sich um und setzte

sich auf mich. Ich drang von hinten in sie ein und legte die Hand auf ihre Klitoris. Sie bewegte ihren Po gleichmäßig hin und her. Dann kamen wir beide und fingen an zu lachen. Sie stieg ab. «Was für ein schöner Fick!» sagte sie.

«Das Medikament hat aufgehört zu wirken ... ich könnte wieder eine Pille nehmen.»

«Auf gar keinen Fall. Ben, ich muß dir etwas gestehen. Ich habe das Medikament auch genommen.»

«Das wußte ich schon. Cynthia, wie kommt es, daß wir die letzten Tage nicht miteinander geschlafen haben?»

«Mir war nicht danach.»

«Wieso?»

Sie sah aus, als wäre sie unschlüssig, ob sie es mir erzählen sollte, dann sagte sie: «Ich hatte einen Traum. Es war sicher das Medikament.»

«Was hast du denn geträumt?»

«Ich habe geträumt, daß du in mir warst wie ein Baby. Ich habe geträumt, daß ich dich geboren und gestillt habe. Ich hab sogar die Milch geschmeckt.»

«Daran kannst du dich erinnern?»

«Ich kann mich an den Traum erinnern. Du wolltest nicht gestillt werden, und meine Brüste taten weh, so daß ich die Milch abgepumpt und getrunken habe.»

«Hat sie geschmeckt?»

«Ich weiß es nicht. Das wurde im Traum nicht deutlich.» Sie zog mich an den Schultern an sich und küßte mich. «Es war kein schlimmer Traum, aber er hat mich davon abgebracht.»

Nachdem wir uns abgetrocknet und angezogen hatten, gingen Cynthia und ich in das Arbeitszimmer meines Vaters. Ich rief den Gouverneur an.

«Himmel noch mal, Ben, nachdem ich dich da rausgeholt habe, hätte ich erwartet, daß du mich anrufst.»

«Ich bin bei meinen Eltern. Ich konnte nicht.»

«Wir können es nicht mehr unter den Teppich kehren. Ich habe drei Spieler in Gewahrsam. Einer der anderen kann uns jeden Moment hochgehen lassen. Ivo will dich auch einsperren. Die Zeitungen haben Lunte gerochen. Sie haben noch so ein armes Schwein nackt aufgelesen, beim Versuch, seinen Schwanz in einem Klostergarten zu beerdigen – er war aber noch dran. Beim Verhör bat der Mann darum, seinen Pastor zu sprechen. Er wollte unkeusche Gedanken beichten. Zum Glück war der Richter nicht diese Fotze Sugarman. Er war Katholik und übergab ihn der Obhut des Gerichtskaplans. Der Arme will noch mal hin und sich bei den Nonnen entschuldigen. Ivo hat Angst, er könnte eine von denen bespringen. Die Bundespolizei hat ihn in einer der Kasernen im Süden festgesetzt. Dann gab es noch einen Zoofall. Ein Mann ist mitten in der Nacht in den Gorilla-käfig eingebrochen, offenbar war er hinter dem Weibchen her. Man entdeckte ihn dort am Morgen ohne seine Hose. Das Gorillamännchen jagte ihn im Käfig herum.»

«Knokl.»

«Genau. Ein Philosoph. Er behauptet, er sei betrunken gewesen. Der Richter ließ ihn laufen und forderte ihn auf, Marc Aurel zu lesen.»

«Herr Gouverneur, ist irgendeiner wieder normal geworden?»

«Kein einziger. Schlimmer noch, sie schreien alle nach einem Gegenmittel. Sie sind der einzige, der das Scheißmittel genossen hat.»

«Herr Gouverneur, ich bin wieder normal.»

«Wie meinen Sie das, er geht Ihnen nur noch bis zum Knie?»

«Mein Schwanz ist so wie vorher.»

«Was ist passiert?»

«Es gibt ein Gegenmittel.»

«Affenspucke? Oder was?»

«Muttermilch. Aber fragen Sie mich jetzt nicht. *Muttermilch.* Erzählen Sie es Ivo.»

Nachdem ich aufgelegt hatte, sagte Cynthia: «Wie konntest du das sagen? Das war doch nur ein Traum.»

«Schaun wir mal.»

Dea ex machina

An einem Sonntag drei Wochen später übernahm der Gouverneur für einen Abend den Club und gab eine Party für alle, die mit Venus zu tun hatten, und ihre Partner. Amos, der Türsteher, trug einen Ziegenbart und Holzhörner. Er sah nicht gerade aus wie ein Satyr, aber man erkannte doch, was gemeint war. Nemo Lab kam für die Rechnung auf. Ivo, der Gouverneur, Cynthia und ich bildeten das Empfangsspalier. Während wir dort in der Halle standen, fragte Ivo mich mehr als einmal nach dem Gegenmittel. «Ich habe wirklich alles versucht. Wie haben Sie das bloß gemacht?»

«Glück», sagte ich.

Einige von den Gästen erkannte ich, über die anderen klärte mich Ivo auf. Der Vogelmann erwies sich als recht klein, was die Größe seines Gliedes noch mehr betont haben dürfte, als er festgenommen wurde. Ivo stellte mich der Klitoris-Frau vor, die ansonsten ganz gewöhnlich war. Die Klitoris, so berichtete er, war jetzt auch wieder ganz gewöhnlich.

Der anal-passive Felix Murphy kam mit einem hochgewachsenen jungen Begleiter. Wenn ein alternder, kahl werdender Mann mit Bauchansatz strahlend aussehen kann, dann sah er strahlend aus. Er beugte sich zu mir. «Weniger ist mehr», sagte er.

Cynthia hatte ihren Vater und Penny eingeladen. Penny trug ein Kleid aus Goldlamé und Silbersandalen (vermutlich nichts von Cynthias Einkäufen), und ihr schmutzig-blondes Haar erstrahlte mit neuen Glanzlichtern. Ihr Vater und Penny schienen mit sich selbst und miteinander sehr zufrieden. Während Mr. Darling mit dem Gouverneur plauderte, zeigte Penny ihren neuen Rubinring. «Er hat gesagt, ich könne ihn nur an der rechten Hand tragen, aber ich wechsle die Hand, wenn er nicht aufpaßt.»

Puck erschien mit Norma und Missy Chee, alle drei waren festlich gekleidet, ganz besonders Missy in einem bodenlangen, changierenden, enganliegenden Kleid, das bis zum Oberschenkel geschlitzt war. Ich fragte mich, warum Puck sie mitgebracht hatte, jedoch nicht lange. Sie gab dem Gouverneur einen flüchtigen Kuß und schüttelte Ivos gute Hand. Missy senkte den Kopf, als Puck uns ins Gedächtnis rief, wer sie war. «Sie erinnern sich doch bestimmt an Missy Chee, Cynthia.»

«Ja, gewiß. Wie ist es Ihnen ergangen, Missy Chee?»

«Oh, ja», sagte sie und sah Cynthia direkt in die Augen. «Sie gut?»

«Ich bin gut gewesen, und es ist mir auch gut ergangen», sagte Cynthia, und statt Missy die Hand zu geben, umarmte sie sie ganz fest. Missy, die ihre Wange an Cynthias Schulter gelegt hatte, schlang die Arme fest um Cynthia und schluchzte. Cynthia klopfte ihr auf den Rücken und gab tröstende Laute von sich. Ivo wußte, was los war, aber nicht der Gouverneur. Puck beobachtete, welche Wirkung das alles auf mich hatte. Ich glaube, ich zeigte keinerlei Gefühl.

Nachdem die drei weitergegangen waren, sagte Cynthia: «Da ist etwas, das ich dir später erzählen muß.»

«Über Missy?»

«Ja.»

«Da ist auch etwas, das ich dir erzählen muß.»

«Du hast nicht etwa…»

«Doch.»

Sie musterte mich, sagte dann: «Ich verzeihe dir. Wie war es?»

«Gut. Ich verzeihe dir auch.»

Der Rechtsanwalt Philip Spore und seine unscheinbare Frau trafen ein. Sie war vergnügt. Er sagte zum Gouverneur, er sei nur gekommen, um ihn kennenzulernen, und daß er mit seiner Politik vollkommen einverstanden sei und seine Ideen ihm gefielen. Der Gouverneur sagte zu Spore, um sich nicht lumpen zu lassen, er würde es ebenfalls schätzen, *seine* Ideen zu hören, «vielleicht später».

Mrs. Spore nahm mich beiseite und fragte: «Sind Sie es gewesen, der das Gegenmittel entdeckt hat?»

«Ja, Ma'am».

«Das andere war das Werk des Teufels.»

«Mrs. Spore, vielleicht war es einfach nur maßlos.»

Cynthia hörte das und sagte: «‹Der Weg der Maßlosigkeit führt zum Palast der Weisheit.›»

«Ist das von dir?»

«Blake.»

Spore gab mir nicht die Hand, so wie er es auch in seinem Büro nicht getan hatte. Ich fragte mich, ob er bedauerte, daß wir das Gegenmittel gefunden hatten. Dann fragte ich mich, ob ich es bedauerte.

Voller Schmeicheleien war auch Richterin Saralee Sugarman. Als sie mit einem Lächeln durch die Tür kam, sagte der Gouverneur zu mir: «Meine schlimmste Ernennung.»

«Ich bin entzückt hierzusein, Herr Gouverneur.»

«Saralee, Sie sind so damit beschäftigt, meine Gefängnisse zu füllen, daß ich Sie nie zu sehen kriege.»

«Ich stehe immer zu Ihrer Verfügung, Herr Gouverneur. Ein Wort von Ihnen, und das Gericht vertagt sich.»

«Wo Sie schon mal vor mir stehen, Saralee, möchte ich

Sie etwas fragen. Sie waren doch nicht wirklich verängstigt durch die Schwanzgröße von dem Mann, dem Mann im Vogelhaus, wie sein Anwalt behauptet hat, oder? Sie sind wirklich hart mit ihm umgesprungen. Er ist heute abend hier. Sie sollten hallo zu ihm sagen. Er ist einfach nur ein kleiner Kerl, etwa Ihre Größe, der zufällig schwanzmäßig eine Zeitlang beglückt war. Es gibt jede Menge große Typen, die schwanzmäßig einen *Fluch* mit sich tragen. Haben Sie das gewußt? Ich will sagen, wenn ich einen Mann oder eine Frau für ein *höheres* Gericht ernenne, dann ist das erste, was ich erwarte, *Weltgewandtheit*. Am Strafgericht braucht man lediglich den Unterschied zwischen Recht und Unrecht zu kennen. Aber am *Berufungsgericht* beispielsweise muß man *weltgewandt* sein. Man muß das menschliche *Herz* kennen. Der menschliche Schwanz ist leicht zu verstehen, das menschliche Herz eher schwer. Wie viele von uns kennen schon das menschliche Herz, Saralee?»

«Sie kennen es, Herr Gouverneur.»

«Ja, ich kenne es. Und jetzt gehen Sie mal und sagen Sie dem Vogelmann hallo.»

Gerald Füster mit den haarigen Handflächen brachte eine dicke Frau mit einem fröhlichen rosigen Gesicht mit. Er sagte zum Gouverneur, daß es ihn sehr freue, ihn kennenzulernen, daß er ein großer Bewunderer der Finanzpolitik des Gouverneurs sei und daß er wisse, wovon er rede, weil er Buchhalter sei. Der Gouverneur sagte, es tue ihm richtig gut, das zu hören, und vielleicht könnten sie später am Abend noch miteinander reden. «Wissen Sie, Mr. Füster, ganz oben ist es einsam, ich brauche jede Hilfe, die ich kriegen kann.»

Füster strahlte, und während weitere Gäste eintrafen, bat er Cynthia, näher zu kommen. «Ich bin Ihnen auf ewig zu Dank verpflichtet, Miss Darling. Sie haben gesagt, ich solle einen Arzt aufsuchen, und ich bin zu Lillian hier gegangen, nicht wahr, Liebes? Sie hat nicht nur mein *Problem* gelöst, sie hat all meine *Probleme* gelöst. Nicht wahr, Liebes?» Lillians fröhliches rosiges Gesicht wurde noch rosiger.

Cynthia sagte, sie habe sofort gesehen, daß das Problem «haariger aussah, als es war». Lillian preßte die Lippen zusammen, um nicht loszulachen.

Winkle brachte seine Frau mit, ebenfalls eine dicke Frau, die aber nicht lustig war. Sie sagte zum Gouverneur, es sei eine Schande, daß ein Mann in seiner Position ihren Mann ermutigt habe, solch ein Projekt zu verfolgen. Der Gouverneur, der das menschliche Herz kannte, flüsterte Winkle zu: «Tauschen Sie sie um, Winkle.»

Es trafen nun so viele Leute so schnell hintereinander ein, daß Ivo es aufgab, sie mir alle vorzustellen.

Knokl erkannte ich sofort. Natürlich erkannte er mich nicht. Er hatte sich erst in der letzten Stunde rasiert, doch sein Kinn und seine Wangen waren schon wieder blauschwarz. Er war am weitaus elegantesten gekleidet – glänzendes Revers, Klappenkragen, rote Fliege und Kummerbund, Rüschenmanschetten, Tanzpumps aus Lackleder mit sechs Zentimeter hohen Absätzen. Er fragte den Gouverneur, ob er es gewesen sei, der ihm aus der Gorilla-Affäre herausgeholfen habe. Immer bereit, für etwas den Dank entgegenzunehmen, lächelte der Gouverneur zustimmend.

Knokl führte Cynthia an der Hand in eine Ecke der Halle. Sie erzählte mir später, daß er um eine zweite Chance gebeten habe. Er wisse, er habe sich *regressiv* und *urtümlich* verhalten, doch das sei nicht seine wahre Natur. Er sei ein sanftmütiger und liebevoller Mann, ein *Philosoph*. Ob sie ihrem Herzen nicht einen Ruck geben könne und ihm die Gelegenheit, seine Liebe zu zeigen, seine Hingabe? Er fühle sich zu ihr hingezogen wie noch zu keiner anderen Frau.

«Und was hast du gesagt?»

«‹Leck mich.›»

«Was hat er da gesagt?»

«Er hat gequiekt und die Hände nach mir ausgestreckt.»

Wir gingen hinauf in den Speisesaal. Auch die Kellner trugen Ziegenbärte und Hörner. Keiner von ihnen hatte Spaß daran. Ich fragte Cynthia, ob das ihre Idee gewesen sei. «Nein», sagte sie, «aber das mit der Milch schon.» Auf jedem Tisch stand ein Krug mit Milch. Die Spieler kapierten den Witz, doch ein paar der Gäste füllten ihre Weingläser damit, wahrscheinlich weil sie dachten, es handele sich um Eierpunsch, auch wenn es nicht gerade die Jahreszeit dafür war, und verzogen das Gesicht, als sie davon probierten. Fott stand mit schwarzer Krawatte am Eingang und beobachtete alles. Ich versuchte, seinen Blick zu erhaschen, doch er vermied es, mich anzuschauen.

Wir waren eine gemischte Gesellschaft, etwa fünfzig Personen an zehn Tischen. Nicht jeder sah so aus, als fühlte er sich in der Abendgarderobe wohl. Während jedoch das Essen seinen Fortgang nahm und der Wein floß, wurden die Gäste lockerer. Der Gouverneur saß an unserem Tisch zwischen Cynthia und mir, dazu Ivo und zwei düstere, schweigsame Männer, die er als Mitgesellschafter vorstellte – wahrscheinlich die Geldleute. Als der Kaffee serviert wurde, erhob sich der Gouverneur und bat alle um ihre Aufmerksamkeit.

«Meine Damen und Herren, einige von Ihnen haben einen kurzen Blick in den Himmel geworfen, und andere haben es schlecht getroffen. Dank meines Freundes Ben hier sind alle wieder wohlbehalten auf dem Planeten Erde gelandet. Falls Sie es noch nicht wissen, es war Ben, der sie entdeckt hat, nicht die Milch der menschlichen Güte, sondern die menschliche Milch der Güte ...»

Ein perlendes Lachen, und hinter dem Rücken des Gouverneurs bildete Cynthia lautlos mit dem Mund die Worte: «Ist von mir.»

«... in meiner Einladung hätte ich unter anderen Umständen schreiben können, kommen Sie, das Ende eines *Irrtums* zu feiern. Doch ich habe geschrieben, kommen Sie, den Anfang einer *Ära* zu feiern. Wie das, fragen Sie, angesichts Ihrer Erfahrungen der letzten paar Wochen? Nun, Leute, es ist eine ganz neue Geschichte. Und hier ist der Mann, der Ihnen davon später erzählen kann und den einige von Ihnen als *Ivo, den Freudenspender* kennen.»

Der Gouverneur nahm unter Applaus wieder Platz, Ivo erhob sich, und es war still. Der Ärmel seines Dinnerjakketts war wegen seiner verschrumpelten Hand geändert worden.

«*Ivo, der Freudenspender*! Sehr gut, Herr Gouverneur. Sehr passend. Auch uns hat man Freude gespendet! Venus hat eine Gnadenfrist erhalten, nein, ist begnadigt worden. Venus *lebt*! Und ich prophezeie Ihnen etwas. Venus wird die conditio humana verändern, so, wie wir uns das vorgestellt haben. Und wie? Indem wir allen Lust verschaffen, indem wir die menschliche Neigung zu Grausamkeit und Zerstörung durch ... *Genuß* ersetzen! Der Kampfruf der sechziger Jahre, *make love not war*, ist nicht mehr nur eine Mahnung, eine Anweisung, sondern Realität. Moment mal! werden Sie sagen, und was ist mit den schlechten Erfahrungen, den unvorhergesehenen Ereignissen, die alles, was wir unternahmen, in Frage gestellt haben? *Wir werden sie unter Kontrolle bekommen.* Durch die brillante Entdeckung meines Freundes Ben hier können wir jetzt ganz sicher einen Schritt vorwärts tun und, falls nötig, einen Schritt zurück. Zwei Schritte vorwärts, einen Schritt zurück. Drei Schritte vorwärts, keinen Schritt zurück, bis wir schließlich die wahre Gestalt von Lady Venus bestimmt haben. Wir haben die uneingeschränkte Genehmigung der FDA bekommen, um die Tests fortsetzen zu können, und ein Patent ist angemeldet. Lassen Sie mich sagen, daß ich mich privilegiert fühle, meinen Beitrag geleistet zu haben, und ich hoffe, daß auch Sie zufrieden über Ihren sein werden. Oh, ihr Freiwilligen, ihr Helden und Heldinnen, die ihr bei der Schöpfung dabei wart, bleibt bei uns! Ihr wart die Pioniere. Nun seid auch die Siedler! Meine Gesellschafter und ich werden unsere früher eingegangenen Verpflichtungen Ihnen gegenüber voll und ganz erfüllen. Doch nun, da wir in Sichtweite des Gelobten Landes sind, werden wir für diejenigen unter Ihnen, die an Bord bleiben wollen, *Ihre Anteile erhöhen*. Sie sind unschätzbar für uns. Wir wollen für Sie unschätzbar sein. Ich stehe ganz zur Verfügung. Und jetzt sagt mir der Gouverneur gerade, daß in der Bibliothek getanzt werden kann.»

Er hob zum Abschluß seiner Rede seine verschrumpelte Hand und nahm unter mildem Beifall wieder Platz.

Ein Pianist, ein Bassist und ein Klarinettist spielten «Blue Skies», als wir die Treppe herunterkamen. Die Sessel und die Lesetische waren an die Wand geschoben und die Teppiche weggeräumt worden. Spieler und Gäste kamen hereingeschlendert und standen herum. Zuerst tanzte niemand. Dann sang eine hübsche Rothaarige «I'm Through With Love». Cynthia führte mich in die Mitte des Raumes, legte mir die Hand auf die Schulter und sagte: «Unser erster Tanz.»

Good-bye to spring,
And all it meant to me,
It can never bring
The thing that used to be.

Sie küßte mich auf den Hals. Andere Paare kamen auf die Tanzfläche. Das Trio spielte anschließend «Blue Moon», und wir gesellten uns wieder zu Ivo und dem Gouverneur.

Missy Chee näherte sich uns, gefolgt von Knokl.

«Ah», sagte Ivo, da er glaubte, daß Knokl gekommen war, um mit ihm zu reden. Doch er hatte es auf Cynthia abgesehen. »Ein Tänzchen, Miss Darling??» Sie rückte von ihm ab. Missy Chee sagte: «Cynthia, du tanzt?»

«Missy», sagte ich, «Professor Knokl möchte tanzen. Warum tanzen Sie nicht mit ihm?»

Knokl bleckte die Zähne. So schnell es ihr enganliegendes Kleid erlaubte, flüchtete Missy durch den Saal zu Norma hinüber. «Sie ist bloß schüchtern, Knokl. Bleiben Sie dran!» Wie ein Hund sprang er davon.

«Das war gemein», sagte Cynthia.

«Norma wird schon damit fertig.»

Die Rothaarige sang:

I could have danced all night!
And still have begged for more.

Mrs. Spore mußte gesehen haben, wie Cynthia mich geküßt hatte, denn sie küßte ihren Mann auf den Hals. Er hatte uns den Rücken zugekehrt, so daß ich seine Reaktion nicht erkennen konnte. Mr. Füster mit den haarigen Handflächen war ein würdiger Tänzer, und seine korpulente Lady bewegte sich leichtfüßig. Felix Murphy wirbelte für seinen jungen Mann herum, und Richterin Sugarman tanzte mit dem Vogelmann an uns vorbei, um dem Gouverneur zu zeigen, daß sie weltgewandt war.

Die Rothaarige sang:

They asked me how I knew
My true love was true …

Und eine schöne, barfüßige Frau kam majestätisch auf die Tanzfläche geschritten. Ein Gazegewand bedeckte eine Schulter und umschloß ihre Brüste und Hüften. Es verbarg gar nichts. Das Trio stimmte «Ain't She Sweet?» an. Die Rothaarige sang weiter:

... Ain't she nice?
Look her over once or twice.

«Wer ist das denn?» fragte ich, «eine Entertainerin?»

«Sie sieht jedenfalls ziemlich spritzig aus», sagte Cynthia. «Haben Sie sie engagiert, Herr Gouverneur?»

«Ich nicht. Sie vielleicht?» fragte er Ivo.

«Ich auch nicht.»

Die Frau winkte mit einer Handbewegung die Tänzer fort. Sie sah wie eine berühmte Schauspielerin aus, die aber noch nie jemand gesehen hatte. Doch *ich* hatte sie schon einmal gesehen, die Augen in der Farbe von Palmweiden und die marmorglatte Haut. Mit einer weiteren schnellen Handbewegung brachte sie die Musik zum Verstummen. Ihre Stimme war tief und leidenschaftlich.

Te, dea, te fugiunt venti, te nubila caeli
adventumque tuum, tibi suavis daedala tellus ...

Während sie sang, hielt sie die bloßen Arme ausgestreckt, einladend und abweisend zugleich.

«Was sagt sie?» flüsterte ich Cynthia zu.

«Das ist Latein.»

Die Frau faltete selbstgefällig die Hände. «‹Für *Dich* wehen die Winde. Wenn *Du* erscheinst, verschwinden die Wolken. Für *Dich* entspringen der Erde Blumen. Für *Dich* kommt der Ozean zur Ruhe und lacht. Für *Dich* klart der Himmel auf, und Licht scheint herab.›»

«Lukrez», sagte Cynthia.

«Und wissen Sie, wer das *Du* ist?» Ihre Stimme erhob sich. «Das *Du* bin *ich*.»

«Was für ein Theater!» sagte Cynthia.

«Ruhe da!» Sie räusperte sich. «Ich bin zu euch gekommen, um euch zu lehren und zu mahnen. Ich bin eine Quelle der Lust, so wie ich bin. Ich bin auch ein Mittel der Lust, eine Förderin der Lust, eine Meisterin der Lust. Und ich bin tolerant. Ich toleriere den einbeinigen Mann und die zahnlose Vettel, den Hirten und das Schaf, den Hasadeur und den Spieler, die Kurtisane und den Libertin. Den Lehrer und seinen Schüler. Den Meister und die Magd...»

«Tolerieren Sie auch mich?» rief Felix Murphy aus.

«Ich toleriere alle meine Anhänger. Einige vielleicht schätze ich ein wenig... geringer. Euresgleichen zum Beispiel liebt wie die Schildkröten. Vollkommene Liebe wird von Vögeln gemacht – luftige Berührungen.»

«Oh, ja!» sagte der Vogelmann.

Knokl trat vor. «Ich behaupte, vollkommene Liebe ist nur den Engeln möglich.»

Die Frau sah ihn von oben bis unten an. «Und ich behaupte jetzt, vollkommene Liebe ist, was die Gottesanbeterin macht: Das Weibchen frißt das Männchen.»

Norma Boncœur meldete sich zu Wort. «Tolerieren Sie auch meine Art von Liebe?»

«Ja. Ihr wißt den Urscherz zu schätzen. Liebe wählte ihre Statt an der Exkremente Ort.»

«Yeats», sagte Cynthia.

«Ruhe da! Ich hätte vielleicht den orgastischen Kuß vorgezogen. Doch die Natur der Dinge ist die Natur der Dinge. Und wer den Witz nicht zu schätzen weiß, der soll in die Parfümerie gehen. Der soll an die Hundenase denken, die selbst ein Sexualorgan ist.»

Der Mann, der versucht hatte, sein Glied auf Klostergelände zu begraben, rief aus: «Ich habe gesündigt!»

«Nein, deine Geschlechtsteile sind dein Eigentum. Sie gehören nicht dem Priester. Komm her! Du bist ein Anhänger, nicht wahr? Ich werde dir jemanden schicken. Eine gewisse... Noëlita. Gefällt dir der Name?»

«Ist sie eine...?»

«Ja. Und auch eine heimliche Anhängerin.» Ihre Stimme wurde ernst. «Doch was ich nicht toleriere, ist die Einmischung in meine Aktivitäten zu kommerziellen Zwecken. Wie ihr wißt, hat ein gewisser... grotesker Charakter meine Gabe in eine Freakshow verwandelt, und er will trotz seiner Torheit weitermachen. Ich werde nicht auf die *Deformation* seiner *Handarbeit* anspielen, doch ist irgend jemand weniger geeignet, mein Knecht zu sein? Ist je mein Werk so falsch repräsentiert worden? Und Blasphemie aller Blasphemien – sich für sein schäbiges Geschäft auf meinen Namen zu berufen! Dieses Sakrileg ist hiermit beendet. Wir beschließen es hiermit.»

«Ist das pluralis majestatis?» fragte Cynthia.

«Psssst!» sagte ich.

Die Frau schritt auf uns zu. Ivos Gesicht war nur noch ein wütender kleiner Ball. Dem Gouverneur stand angesichts der Schönheit der Frau der Mund offen. Cynthia behauptete ihre Position.

«Weißt du, wer ich bin?» fragte die Frau Cynthia.

«Ich weiß, daß Sie sich recht großartig darstellen.»

«Ist das nicht die Originalquelle für das Gegenmittel?» fragte die Frau und kniff Cynthia in die Brust.

«Ist das die Titte, die Männer und Götter stürzen konnte?» fragte Cynthia und kniff der Frau in die Brust.

Sie wandte sich an mich. «Erinnerst du dich an mich?»

«Ja, gewiß.»

«Gib mir deine Hand!»

Sie nahm sie beim Handgelenk und legte sie auf ihre Brust, wobei sie unverändert Cynthia anlächelte. Ein intensives Gefühl der Süße durchströmte meinen Arm. «Das wirst du nicht vergessen, oder?»

«Nein, Ma'am.»

«Und du», sagte sie zu Cynthia, «du bist eine Anhängerin, und du bist schön, und deshalb werde ich über dein Sakrileg hinwegsehen, aber ich beschließe, daß du für den Rest
deines Lebens deinem Geliebten die Treue halten sollst,
indes er frei sein soll, seinen Neigungen zu folgen ... Du
fühlst dich gut an», sagte sie zu mir. «Drogist, komm her zu
mir!»

Ivo, der jetzt Angst hatte, trat vor. «Die Formel sei vergessen!» Sie berührte ihn an der Schläfe, wobei ein Funke
hervorsprang. «Wie lautet die Formel?» fragte sie. «Welche
Formel?» fragte er.

«Gauner wie Sie bereiten mir Vergnügen, Herr Gouverneur. Doch lassen Sie sich nicht mit Kreaturen wie diesen
hier ein.» Sie wandte sich Ivo und seinen Gesellschaftern
zu. «Wenn ihr an so etwas auch nur noch einmal *denken*
solltet ...» Die drei faßten sich in den Schritt und krümm-
ten sich vor Schmerz.

Der Gouverneur griff nach der Hand der Frau. «Nein,
ich wohne Menschen nicht bei.» Danach glitt sie rasch durch
den Raum, wie eine Tänzerin, die ihren Abgang macht, hielt
inne und stand vielleicht zehn Sekunden lang still. Sie
schien nicht so sehr uns anzuschauen, als vielmehr uns
noch einmal eine Gelegenheit geben zu wollen, sie anzuschauen. Niemand rührte sich. Schließlich drehte sie sich
um und verschwand. Das Trio stimmte «Ev'ry Time We Say
Good-bye» an, und die Rothaarige sang:

... Why the gods above me
Who must be in the know
Think so little of me
They allow you to go.

«Das war aber eine Show», sagte Cynthia. «Also ich bin für immer dein, aber du nicht unbedingt mein.»

«Wie kommst du darauf, daß ich nicht absolut dein bin?»

Kurz darauf brachen wir auf, während die Rothaarige sang:

I'm always true to you, darlin' in my fashion.
Yes, I'm always true to you, darlin', in my way.

In der Halle verabschiedeten wir uns von Amos. Sein Ziegenbart war ab, und er war ganz krumm vor Müdigkeit.

«Die Frau in dem durchsichtigen Kleid», sagte ich, «ist sie hier reingekommen?»

«Es gibt keinen anderen Weg herein.»

«Eine sehr schöne Frau?»

«Genau die. Trug einen Umhang. Die schönste Frau, die ich je gesehen habe.»

«Beinahe», sagte ich.

«Nun, die schönste. Gute Nacht, Herrschaften. Gute Nacht, Miss Darling.»

Im Taxi, Cynthias Wange an meiner Brust, fragte ich sie: «Glaubst du, das war echt, ich meine, das Ganze?»

«Es ist der Stoff, aus dem die Träume sind, Ben.»

«Feuchte Träume.»

In jener Nacht im Bett, wir lagen Nase an Nase, sagte sie: «Es gibt etwas, das ich von dir möchte, Ben.»

«Schieß los!»

«Ich möchte ein richtiges Baby.»

«Ich werde mein Bestes tun», sagte ich.

Inhalt

Charles Simmons bei C.H. Beck

Lebensfalten
Roman
Aus dem Englischen von Susanne Hornfeck
2001. 161 Seiten. Gebunden

In diesem leicht wehmütigen Roman entfaltet Charles Simmons den Lauf seines Lebens, nicht streng chronologisch, sondern geleitet von den Themen und Dingen, die dieses Lebensgeflecht wie rote Fäden durchziehen: von den ersten Kindheitserinnerungen über die verwirrenden Erfahrungen als Jugendlicher bis hin zu Ehe, Scheidung, Affären. Es zeigt sich: Niemals wird das Leben leichter, immer bleibt es aufregend und spannend.

«Simmons ist kein Schriftsteller, der angestrengt Kunst machen möchte, er schreibt mit der Selbstverständlichkeit eines Artisten, der sein Metier scheinbar mühelos beherrscht.»
Gabriel Loidolt, Der Standard

«Von Simmons lernen, heißt Leben lernen, mit dem Lamentieren aufzuhören. ... ein verhaltenes Buch über die Mühsal und vor allem das Glück zu leben.»
Elmar Krekeler, Die literarische Welt

Salzwasser
Roman
Aus dem Englischen von Susanne Hornfeck
1999. 136 Seiten. Gebunden

«Im Sommer 1963 verliebte ich mich, und mein Vater ertrank.» So beginnt die Erzählung über einen Sommer, an dessen Ende nichts mehr so ist wie zuvor. Wie jedes Jahr verbringt der fünfzehnjährige Michael die Ferien mit seinen Eltern am Atlantik. Doch diesmal verliebt er sich in die verführerische Zina. Als er seine romantischen Gefühle ihr gegenüber auf die grausamste Art und Weise verraten sieht, bricht für ihn die unschuldige Welt seiner Kindheit zusammen.

«Wenigen nur ist es gegeben, die Schwere des Seins so leichthin zu erzählen. Charles Simmons ist einer davon.»
Klara Obermüller, Frankfurter Allgemeine Zeitung

«Simmons versteht es, Situationen und Figuren mit wenigen Strichen äußerst plastisch zu zeichnen.»
Hellmuth Karasek, Der Tagesspiegel